Georges Raillard
Aus dem Hintergrund Chorgesang

Georges Raillard

Aus dem Hintergrund Chorgesang

und anderes Erzählen

Bibliografische Information der Deutschen Nationalbibliothek:
Die Deutsche Nationalbibliothek verzeichnet diese Publikation in der
Deutschen Nationalbibliografie; detaillierte bibliografische Daten sind im
Internet über http://dnb.dnb.de abrufbar.

© 2013 Georges Raillard
Herstellung und Verlag:
BoD – Books on Demand, Norderstedt

ISBN: 978-3-7322-8548-8

Inhalt

Wichtige Termine 7

An der Bushaltestelle 15

Freundschaftsschluss 23

Der richtige König 35

Die Überquerung des Platzes 39

Städtische Bibliothek, täglich geöffnet 45

Die Theateraufführung 59

Die Rauchwolke 75

Letzte Nachrichten 81

Wie hätten Sie Ihren Himmel denn gern? 93

Die Geschichte, die Sie erleben 101

Die Fortsetzung der Geschichte
mit anderen Mitteln 113

Exklusiv: Bestsellerautor Loro Immsen
über seinen kometenhaften Werdegang 123

Wichtige Termine

Herr Lürcher drängte Richtung Ausgang. Die Maschine war ärgerlicherweise mit einer halben Stunde Verspätung angekommen — Überlastung der Flugschneisen schon beim Abflug. Auch schubste man ihn von hinten. Sicher hatten die hinter ihm ebenfalls dringende Termine und wurden ihrerseits wohl von Anderen vorwärtsgeschoben, die gleichfalls ihre Termine hatten. Herr Lürcher war das gewohnt. Auch er hatte ja einen wichtigen Termin. Gewiss saßen sie bereits um den länglichen schwarzen Tisch mit den abgerundeten Ecken, die Leute von Méndez, und warteten auf ihn. Die Zeit war knapp bemessen. Am selben Tag hin und zurück. Unkosten vermeiden.

"In drei vier Stunden haben Sie das doch durch mit denen, Herr Lürcher, gerade Sie."

Herr Lürcher hatte nichts gesagt. Er kannte die Strecke, kannte den Ort, kannte die Leute, kannte die Sachlage. Gerade er — so war es schon. Eigentlich selbstverständlich, dass ihm Dr. Drechsel von Zeit zu Zeit seine Tüchtigkeit bestätigte...

"Entschuldigung", murmelte er, als sich der Mann vor ihm kurz umwandte. Dessen Blick war nicht vorwurfsvoll gewesen, ein rundes Gesicht, eher so etwas wie nachdenklich. Wahrscheinlich hatte er ihn gestoßen, ohne es zu merken.

"Bitte um Entschuldigung", murmelte Herr Lürcher noch einmal, obwohl der Andere ihm längst wieder seinen Hinterkopf zukehrte, kurz geschorene graue Haare, kranzförmig um die leicht gebräunte Glatze. Man durfte sich eben nicht verweilen, wenn es denn schon mal vorwärtsging, denn ließ man auch nur die kleinste Lücke, so schob sich rasch irgendein Nachzügler dazwischen, der seine Zeitung noch im Aktenkoffer verstaut oder eine Duty-Free-Tüte unter dem Sitz hervorgekramt hatte, während man aus dem hinteren Teil des Flugzeugs bereits nach vorn drängte. Dann musste man dem den Vortritt lassen, wollte man nicht unhöflich scheinen oder gar irgendeinen unangenehmen Wortwechsel riskieren. Und das bedeutete weiteren Zeitverlust. Gerade Herr Lürcher durfte jetzt keine weitere Zeit verlieren. Wieviel Zeit – und damit Geld – man wohl sparen könnte, wenn man in solchen Fällen nicht an die Konventionen der Höflichkeit gebunden wäre. Eigentlich war man zu gut erzogen.

Business Class, alles schon leer, Zeitungen in die Sitznetze gewurstelt, es roch nach Currysoße. Vorn sah man schon die Stewardess, Hände verschränkt, wie sie die Fluggäste verabschiedete und lächelnd zu ihren wichtigen Terminen entließ. Es ging langsam vorwärts, kurze Schrittchen, dann wieder Stopp. Irgendeiner älteren Dame hatte sich ein Riemen des Handköfferchens an einem Sitz festgehängt. Bis die nur merkte, warum ihr Köfferchen nicht weiterwollte, obwohl sie an der Ziehschlaufe riss. Herr Lürcher fühlte sich an Frau Kresp erinnert, wenn die ihren Schäferhund vom Baum wegzerrte, wo der gerade sein Bein hob, jeden Morgen das gleiche Schauspiel, wenn er das Auto aus der Garage holte, die alte bucklige Frau, die an der Leine zerrte, dabei hätte sie doch gar keinen Grund, die hatte doch nun wirklich keine Termine, höchstens mal einen Arztbesuch, aber nein – der Hund musste weiter, "du Lausbub du", rief sie, oder "willst du wohl endlich".

Zwei Stewardessen waren herbeigeeilt und der Dame behilflich. Lächelnd behob eine mit einem Handgriff das Problem. Doch statt weiterzugehen, musste sich die Dame erst wortreich bedanken. Es klang nach Schwedisch oder Dänisch...

Wenn Frau Kresp morgens am Hund zog, grüßte Herr Lürcher sie nur kurz und tat noch eiliger, als er es sowieso schon hatte. Sonst hätte er sich wieder ihre ewigen Klagen anhören müssen, irgendeine Tochter, die offenbar arbeitete, statt die Enkel anständig zu erziehen, damit aus ihnen was Rechtes wird, dann die Gesundheit natürlich, immer irgendwelche Gebresten – doch nun, endlich, ging es wieder vorwärts...

"Hoppla! Na...", entfuhr es da Herrn Lürcher. Dieses Mal war er tatsächlich geradezu auf ihn aufgelaufen, den Herrn mit dem kranzförmigen Stoppelhaar, der sich natürlich wieder kurz umgedreht hatte, gedankenverloren. Hatte der es denn nicht eilig? Hatte der denn keinen Termin? Immerhin trug er einen schwarzen Aktenkoffer...

"Auf Wiedersehen", lächelte die Stewardess.

"Auf Wiedersehen", murmelte Herr Lürcher und trat hinter dem Menschen mit dem Aktenkoffer ins Fingerdock. Der schlenderte doch tatsächlich wie ein Spaziergänger am Sonntagmorgen vor ihm her, die freie Hand in der Hosentasche, sein Glatzkopf, der sich mal nach links, mal nach rechts drehte, die Augen zusammengekniffen, Herr Lürcher sah es genau, als er sich gewichtig an ihm vorbeidrückte, in eine Ferne gerichtet dieser Blick, eine Ferne, die es hier doch nirgends gab, in diesem langen grauen schmalen Gang, der jetzt in einen anderen, viel breiteren und hellen Gang mündete, Transit rechts, Passkontrolle links. Herr Lürcher eilte nach links.

Jetzt fehlte nur noch, dass sie's bei irgendeinem Lateinamerikaner oder Afrikaner ganz genau wissen wollten. Klar, solche musste man sich etwas genauer anschauen, aber dann sollte man sie doch einfach beiseitenehmen, damit Leute wie er, die dringende Termine hatten, rasch durch waren. Auf ihn warteten schließlich Méndez und seine Leute, die Unterlagen geordnet vor sich auf dem Tisch, Hände übereinandergelegt, Kopfschütteln, nur sein Platz noch leer, aber sie mochten sich ja denken, dass er nichts dafür konnte, gerade er, und dass das Flugzeug wohl mit Verspätung gelandet war. Schließlich war er ja nicht so einer, der imaginären Schmetterlingen nachschaute oder sonstwelche Flausen im Kopf hatte, nein, das überließ er Leuten wie diesem Glatzkopf. Ein abgeernteter Mensch, und ein bisschen wunderte sich Herr Lürcher über sein eigenes Wort. Abgeerntet – wie mochte er bloß darauf gekommen sein? Vielleicht das Haar, wo es noch welches gab, so kurz wie ein Viertagesbart.

Letzten Sonntag, ja, als sie Klaus besuchten, da waren sie an langen mattgelben Stoppelfeldern vorbeigefahren, auf denen Katzen herumstrichen und Raben sich die Erntereste pickten.

"Trostlos, wie das aussieht", hatte Herr Lürcher gemeint.

Aber Karin sah kaum hin, und es wirkte beruhigend auf ihn, dass sie gleich darauf aufs Gaspedal trat und den Wagen überholte, der schon eine ganze Weile vor ihnen hergezuckelt war.

Glück, dieses Mal hatte er Glück. Nun, immerhin hatte er sich beeilt, sein Termin, war geschäftig an den Leuten vorbeigepescht, bis er in die Halle mit den Kontrollschaltern kam. Aber es hätte auch gleichzeitig oder, schlimmer noch, ein paar Minuten vorher ein Jumbo aus Übersee ankommen können, und dann hätten nicht bloß vier, fünf Leute angestanden, besonders heute, da von den sechs Schaltern nur zwei besetzt waren. Der Beamte sah sich nur rasch die Passfotos an, klappte den Pass wieder zu, das ging ja wie am Schnürchen. Wieso hätte man auch Herrn Lürcher Schwierigkeiten machen sollen, gerade ihm. Es hatte seine Vorteile, wenn man einen Termin hatte. Irgendwie verlieh es einem eine Aura von Wichtigkeit, ja Unantastbarkeit, und obwohl Herr Lürcher natürlich wusste, dass der Beamte ihm seinen Pass bloß aus

Routine, Überdruss, Trägheit und dergleichen so rasch wieder ausgehändigt hatte, fühlte er sich doch gewissermaßen ausgezeichnet. Es war ein Beweis dafür, dass sein Termin um einiges wichtiger war als alle bürokratischen Bedenken, auf die so ein kleiner Vertreter seines Landes, eines großen Landes immerhin, je kommen konnte. Was mochte so einer auch nur ahnen von den Millionen, über die er mit Méndez verhandeln würde. Sein Angebot lag auf dem Tisch, er hatte es persönlich Anfang Woche runtergemailt. Jetzt musste man schauen, was Méndez dazu meinte.

"Im einen oder anderen Punkt können Sie sich schon flexibel zeigen", hatte Dr. Drechsel ihn angewiesen, "nur in der Substanz, da bleiben Sie mal schön hart."

Das Rollband für die Kofferausgabe lief schon, aber hoch kam noch nichts. Herr Lürcher schaute sich um. ‚Bienvenido' las er auf einer großen Tafel. Méndez musste akzeptieren. Breitformatige Reklamen für Hotels, Mietautos und Banken an den Wänden. Auch für ihn sprangen ja schöne Gewinne heraus. Ein jüngeres Ehepaar im Urlaubslook nahm neben ihm Aufstellung. Probleme konnte es höchstens mit dem Zahlungsmodus geben. Zwei kleine Kinder, mit farbigen Rucksäckchen und auf dem Arm Teddybären. Am besten war es, einen Stichtag für den Wechselkurs zu vereinbaren. Die Kinder ließen die Teddybären zu Boden gleiten und rannten zum Rollband.

"Hab' ich euch nicht gesagt, ihr sollt...!", keifte die Mutter und zerrte die beiden von der

Kante des Rollbands herunter. Immer noch keine Koffer. Gewissen technischen Abläufen war man einfach machtlos ausgeliefert. Da half nur Geduld. Wenn es noch lange dauerte, kam sogar dieser abgeerntete Mensch noch vorher. Ob der wohl schon durch die Passkontrolle war? Da schau an, in der Tat. Er war unschlüssig auf halbem Weg stehengeblieben, sah scheu nach links und nach rechts die Wände der weiten Halle hinauf, als suchte er etwas, wovon er zugleich Angst hatte, es zu finden, ein seltsamer, zielloser Mensch, tat ein zwei Schritte, hielt wieder inne, schaute sich nochmals um, kam dann zögernd näher, den schwarzen Aktenkoffer in seiner rechten Hand. Na, was ist denn das, jetzt lässt er den Aktenkoffer zu Boden fallen. Da, er fällt selbst zu Boden. Was ist mit dem? Er rührt sich nicht. Leute springen herzu. Man öffnet ihm das Hemd. Dann wird der Kreis, den die Leute um ihn bilden, zu dicht. Herr Lürcher kann nichts mehr erkennen.

"Hoffentlich ist es nicht zu spät", sorgt sich jemand.

Zu spät, Herr Lürcher war es auf jeden Fall, sein Termin mit Méndez. Einen Termin hatte offensichtlich auch dieser arme Mensch da gehabt, aber zu so einem käme man gern zu spät. Herr Lürcher wandte sich kopfschüttelnd ab. Endlich, die Koffer, säuberlich nebeneinander auf dem Rollband. Als Herr Lürcher seinen zu erspähen versuchte, fiel es ihm ein. Er schlug sich mit der Faust gegen den Oberschenkel. Er hatte doch gar keinen! War nur für den Tag hier. In drei vier Stunden durch. Nachmittags zurück. Verärgert eilte Herr Lürcher davon. Da hatte er nun zehn Minuten vertrödelt, verschwendet, verloren, und dabei warteten sie bei Méndez schon seit drei Viertelstunden auf ihn! Zum Glück standen sie bei der Zollkontrolle nur herum. Wieso nur hatte er sich für die Koffer angestellt! Ganz automatisch, so gedankenlos! Und hatte Zeuge werden müssen, wie dieser Mensch da zusammengebrochen war. Er lief zielstrebig durch die Ankunftshalle zum Ausgang. Ihm hatte das passieren müssen, gerade ihm. Wenn er nicht sinnlos gewartet hätte, hätte er das nicht mitansehen müssen. Er hatte doch Wichtiges zu tun. Es ging um Millionen. Er trat durch die automatische Tür und winkte energisch ein Taxi heran.

An der Bushaltestelle

Im schrägen Licht der Morgensonne verläuft eine Straße. Die Straße taucht hinter einer Pappelgruppe hervor, ihr wahrer Anfang aber liegt fern in der Nacht. An Häuser und Gärten, Buckel und Wiesen schmiegt sie sich an, entwindet sich ihnen wieder, krümmt sich erneut, wie tyrannisch sind Landschaften. Dann, näher, weit schwingt sie aus, langgezogener Eigensinn, hier weichen ihr Natur wie Kunst. Bestärkt, am Ausgang des Bogens, streckt sie sich und strebt geradewegs fort und stößt in den fernen Dunst hinein. Aber erst dort, wo die Sonne senkrecht steht, oder noch weiter beginnt ihr wahres Ende.

Aus dem Land tritt ein Mann. Er geht in kurzen, schleppenden Schritten, gebeugt unter der Last einer Stange, an deren Ende ein Schild befestigt ist. Langsam stapft der Mann die Böschung hoch. Am Straßenrand lässt er die Stange von der Schulter gleiten, stellt sie auf den Boden, umfasst sie schwer atmend. Es ist ein alter Mann, sein Haar ist weiß. Er schaut dahin, woher die Straße kommt, die Morgensonne blendet. Er wendet seinen Blick, wohin die Straße führt, noch fallen die Schatten lang. Hier ist der richtige Ort. Er stellt die Stange gerade und dreht sie bedächtig in den tauweichen Grund. Er ächzt bei jedem Griff, Schweiß rinnt über sein furchiges Gesicht. Endlich, prüfend, rüttelt er an der Stange, sie steckt fest. Dann, nochmals, die Straße entlang, blickt er zurück, blickt er voran, er nickt. Die rechte Hand taucht in die Tasche seines abgeschossenen Mantels und zieht einen Filzstift hervor. Mit erhobenem Arm beschriftet er das Schild, in spitzen Buchstaben ein Wort, schwarz ein Name, der Name dieses Ortes, welches der richtige Ort ist. Er steckt den Stift wieder ein, lehnt sich müde an die Stange. Bald wird hier der Bus halten, er ist der erste Mann, der wartet, und der erste, der einsteigen, und der erste, der sich einen Sitzplatz aussuchen wird.

Die Sonne steigt höher, und aus dem Hintergrund naht mit langen, kräftigen Schritten ein zweiter Mann. Mächtig greift sein Schatten über den Boden aus. Kaum hat er die Bushaltestelle erspäht, steuert er darauf los. Scharf blicken seine Augen auf das Schild, schwarz der Name, dies ist der richtige Ort. Er stellt seinen Aktenkoffer ab, zupft seine Krawatte zurecht, rot mit grünen Streifen.

"Na!", schnaubt er und blickt verdrossen auf den an die Stange gelehnten ersten Mann.

"Grüß Gott", murmelt der erste Mann geistesabwesend, wie weit und herrlich wird die Fahrt sein.

Widerwillig stellt sich der zweite Mann neben den ersten. Der Bus kommt bald, aber er wird länger warten müssen, er wird erst als zweiter einsteigen, ein Sitzplatz wird schon besetzt sein. Ungeduldig wippt er mit dem linken Knie und starrt vor sich hin. Dann sieht er, sein Schatten ist länger und breiter, er verdeckt den Schatten des ersten Mannes vollständig. Dies ist der richtige Ort, der Ort gehört ihm.

"Sehr in Eile, wichtige Geschäfte", schnauzt er, stößt jäh seinen Ellbogen hervor, dem ersten Mann hart in die Rippen. Der erste Mann schreit auf, taumelt weg, sein Haar ist weiß, er ist nicht so kräftig. Rasch tritt der zweite Mann an seine Stelle, lehnt sich an die Stange, blickt auf seine Uhr. Wertvolle Sekunden gewonnen, jetzt ist er der erste Mann, die Sitzplätze kann alle er aussuchen.

Der vordem erste Mann hält sich mit beiden Händen die Seite. Unverständliche Worte japsend, brennt er seine Augen in den vordem zweiten und nunmehr ersten Mann. Aber der erste Mann ist jung und groß und stark, weiß ist nur sein Hemd. Der Blick des nunmehr zweiten Mannes verlöscht, sein Redeschwall versiegt. Er schnappt nach Luft, wankt zurück und fügt sich hinter den ersten Mann.

Und höher und immer höher steigt die Sonne, die Flur durchmisst ein dritter Mann, einen Hund an der Leine.

Misstrauisch äugt der zweite Mann dem dritten entgegen. Jeans und ein schwarzes T-Shirt trägt er, der Dackel mit dem rostbraunen Haar kläfft schon von weitem. Da krümmt sich der Leib des zweiten Mannes kurz nieder, er fasst einen Stein und birgt ihn in seiner knochigen Faust.

Kaum hat der dritte Mann, grußlos, sich angestellt, zeigt ihm der zweite die Faust und öffnet die Faust langsam und da ist der Stein und lässt er die Hand wieder zuschnappen und schwingt die Faust.

"Hier stehe ich!", kreischt er, sein Kinn zittert.

Abwehrend streckt der dritte Mann die offenen Hände nach vorn, die Augen angstvoll aufgerissen, der Dackel knurrt und zerrt an der Leine.

"Es war nicht so gemeint!", ruft er beschwörend. Dann beugt er sich zu seinem Dackel, tätschelt ihn, raunt besänftigend. Der Hund wedelt mit dem Schwanz, endlich setzt er sich auf die Hinterpfoten, brav.

Und bald nähern sich schlendernd ein vierter Mann und nachher hinkend ein fünfter und darauf trippelnd ein sechster und später noch viele andere. Dies ist der richtige Ort, keiner will länger warten als der andere, erst zahllose Rangeleien schaffen klare, geordnete Verhältnisse.

Der Bus aber kommt noch nicht, und die Sonne, sie steht schon hoch.

So hoch steht die Sonne und brennt auf die leere Straße herab und auf die Warteschlange entlang dem Straßenrand, so lange kommt der Bus nicht und zieht sich das Warten in der Sonne hin.

Der erste Mann fährt sich mit einem Taschentuch über die Stirn und den Nacken. Längst hat er sich das Jackett ausgezogen, über den Arm geworfen. Sein weißes Hemd, unter den Achseln breiten sich dunkle Flecke aus.

Schatten!

Blinzelnd schaut er sich um. Nicht weit steht ein Ahorn, tiefhängende, weitausladende Äste. Der Bus hält hier, dies ist der richtige Ort, er gehört ihm, der erste ist er, aber dort ist ein Schatten, dort ist es kühler, dort ließe es sich angenehmer warten. Doch wen kümmerte dann noch, dass dieser Ort ihm gehört?

Nachdenklich blickt der erste Mann auf den Aktenkoffer, der zu seinen Füßen steht. Der Aktenkoffer gehört auch ihm. Wenn der Aktenkoffer hier stehen bliebe, gehörte der Ort dem Aktenkoffer, der Aktenkoffer aber gehört ihm und somit auch der Ort, selbst wenn er persönlich nicht hier stünde. Der Aktenkoffer enthält jedoch ausschlaggebende Dokumente. Ihn darf er nicht hier stehen lassen. Das Jackett hinwiederum war teuer. Die Schuhe, sie glänzen. Und die Uhr geht genau. Hier liegen lassen könnte er nichts. Er lehnt den Kopf an die Stange und schließt die Augen.

Auf einmal lächelt er. Die Lösung ist gefunden! Mit behenden Fingern löst er seinen Gürtel, knöpft sich die Hose auf, er zieht sie sich herunter. Hälse recken sich, Köpfe schieben sich vor, als er sich auch die Unterhosen nach unten streift und in die Hocke geht. Und wie starren die Augen alle auf das schnurrige braune Häufchen, das unter dem blanken Hintern emporwächst.

Triumphierend beschaut der erste Mann sein Werk, während er sich die Hosen wieder hochzieht und zuknöpft. Nun ist sein Recht auf diesen Platz gesichert, er ergreift die Aktentasche und läuft sorglos in den Schatten unter dem nahen Ahorn.

Der zweite Mann schielt ihm nach. Zögernd setzt er einen Fuß vor, aber nein, das ist nicht sein Platz, er schnuppert, es ist der Platz des ersten Mannes, er rümpft die Nase. Wieder blinzelt er zum ersten Mann, der im Schatten des ungeheuren Baumes seine Aktentasche abstellt und sich zufrieden an den Stamm lehnt.

Da entschnallt auch der zweite Mann den Gürtel, macht die Hosen auf, lässt sie herunter und geht in die Hocke. Hinter ihm glotzt und gafft es. Als er wieder aufsteht, markiert auch seinen Platz ein braunes Häufchen. Noch bevor er sich fertig angekleidet hat, ist auch der dritte Mann in der Hocke, und sogleich machen es ihm der vierte, fünfte, sechste und alle folgenden gleich. Wie erfüllt sich die Luft mit dem Rauschen bewegter Kleider, dem Surren von Reißverschlüssen, dem Knattern entweichender Winde und mühendem Ächzen! Unter jedem ersteht ein Mal, das eigenwillig geformten dunkelbraunen Würsten gleicht oder formlose gelblich körnige Haufen bildet.

Nach beendeter Verrichtung gesellt sich einer nach dem anderen eilends zu den bereits im Baumschatten Wartenden. Bald kommen Gespräche in Gang, die Stimmung ist gelöst, die Rechtslage geklärt. Einer im Wandertenue reicht eine Feldflasche mit Zitronenwasser herum, ein anderer bietet Kekse an, Toilettenwasser und Erfrischungstüchlein machen die Runde, Zigaretten werden angezündet.

Als der Bus endlich kommt, ist niemand zu sehen, der am Strassenrand neben dem Haltestellenschild wartet. Ohne zu halten, braust der Bus vorbei und verliert sich rasch im Dunst des Nachmittags.

Freundschaftsschluss

Nichts lenkt von den wichtigen Dingen ab, die hier zu besprechen sind: ein runder, hellholziger Tisch; Sessel, S-förmig geschwungen und mit schwarzem Kunstleder bezogen; ein metallenes Nebentischchen auf Rollen mit Computerterminal und vielknöpfigem Telefon. Die einzige Abschweifung bilden ein paar Bilder an den blendend weißen Wänden, Landschaften in vagen Strichen und wässrigen Farben. Durch ein breites Fenster überschwemmt Licht den Raum, jenseits der kaum merklich vibrierenden Scheibe lautloser Alltag: Autos gleiten hin und her, Menschen wandeln, Tüten und Mappen tragend, vorüber, ein Baum bewegt seine Äste. Zu vernehmen ist einzig das gleichmäßige Säuseln einer Klimaanlage.

    Die Tür öffnet sich, zwei Männer mit schwarzen Aktenkoffern betreten den Raum. Einen Moment lang sind ferne Stimmen zu hören, dann schnappt die Tür gedämpft wieder zu. Wortlos begeben sich die beiden Männer zum Tisch. Auf der aufgerauhten und leicht nachgiebigen Oberfläche des beige gesprenkelten Kunstparketts quietschen ihre makellos hellen, dicksohligen Sportschuhe kaum. Nicht einmal die Sessel knarren, als sich die beiden Männer darauf setzen und darin zurechtrücken. Sogleich öffnen sie ihre Aktenkoffer, entnehmen ihnen Papiere, Unterlagen und

Schreibgeräte, schließen sie wieder und schieben sie zur Seite. Dann knipsen sie ihre MP3-Player aus, stülpen sich die Kopfhörer ab und legen sie mit einem Klappergeräusch neben sich auf den Tisch. Einer kratzt sich noch vernehmlich am Oberarm, während der andere bereits seine behaarten Unterarme auf die Tischplatte posiert hat, seine Hände ineinander renkt und ein paar Fingergelenke krachen lässt.

"Nun, ich würde vorschlagen, dass wir ohne Zeitverlust und lange Vorrede zur Sache kommen", beginnt 1, während er sich das Goldkettchen, das beim Kratzen seinen nackten Unterarm etwas hochgerutscht ist, wieder bis zum Handgelenk vorstreift.

"Vollkommen deiner Meinung", erwidert 2 und dreht einen dicken Ring an seinem Finger. "Als Erstes muss es darum gehen, den Bestand und seine Stark- und Schwachpunkte zu analysieren."

"Richtig", nickt 1. Er drückt eine hervorgestürzte Haarsträhne wieder hinter die Ohrmuschel zurück. "Das wird uns auch erlauben, Zukunftspotenzial und -perspektiven zu erörtern und, darauf aufbauend, die möglichen Bedingungen, die unserem gemeinsamen Vorhaben den Erfolg gewährleisten."

"Einverstanden", sagt 2. Er presst seine rechte Hand in die Hosentasche. Halb muss er sich dazu erheben, da die Jeans eng anliegen. Schließlich zerrt er, zwischen zwei Fingerspitzen, einen USB-Stick hervor. Er lehnt sich zum Computer hinüber und drückt einen Knopf. Das Gerät erwacht, der

Bildschirm bevölkert sich mit schnell nach oben weglaufenden Zeichen. Als die Zeichen zur Ruhe kommen, schiebt er den Stick in die USB-Buchse, drückt einige Tasten, und sogleich bauen sich auf dem Bildschirm großartige, farbig ineinander verschachtelte Strukturen auf.

"Ich habe das immer bei mir, sonst käme man ja nirgends hin."

1 greift in die Brusttasche seines Shirts, auf dem eine hutziehende und zigarrenrauchende Orange mit der balkigen Aufschrift 'Gib's ihnen!' abgedruckt ist, und zieht ebenfalls einen USB-Stick hervor. Schmunzelnd hält er ihn in die Höhe.

"Ich sehe, wir haben ähnliche Arbeitsmethoden", nickt 2 befriedigt und ergreift ein Stöckchen, das vor der Tastatur gelegen hat. Mit dem Stöckchen beginnt er nun auf dieses und jenes Feld auf dem Bildschirm zu weisen, fährt den verschiedenen durchgezogenen und gestrichelten Quer- und Längspfeilen nach, welche die Felder farbig zueinander in Beziehung setzen, kreist betonend um einzelne Einträge, pocht nachdrücklich zwei-, dreimal gegen eine Stelle, lässt dann das Stockende bedeutsam auf die andere Seite des Bildschirms wippen und formt, sich 1 zuwendend, mit seinen Händen ein kreisförmiges Gebilde in die Luft. 1 wendet den Blick nicht von ihm ab, wach und flink folgen seine Augen 2s Darlegungen. Ab und zu nickt er leicht, in einer unwillkürlichen Regung, die seine Aufmerksamkeit nicht beeinträchtigt. 2 kommt nun eindringlich zum Schlusspunkt seiner Ausführungen, lässt das Stöckchen wie besessen über einzelnen fettlettrigen Zahlen auf- und niedertanzen, fährt mit der anderen Hand mal schneidend, mal schweifend durch den Raum, richtet sich schließlich hoch auf und breitet beide Arme weit zu 1 hin aus, verstummt und setzt sich.

"Hoffentlich läuft mein Programm mit diesem Betriebssystem", sagt 1, steht auf und macht sich am Computer zu schaffen. "Sonst müssten wir die Besprechung vertagen."

Ein Tastendruck bringt 2s Farbenwelt zum Verschwinden, ein weiterer zaubert etwas auf den Bildschirm, das einem Spinnennetz ähnlich sieht.

"Es scheint zu gehen", sagt 1, rückt sein Gesicht noch zweifelnd etwas näher an den Bildschirm heran, um die Einzelheiten zu prüfen und einen Augenblick abzuwarten, ob der Computer nicht doch noch eine Kapriole schlägt. Als das Bild stabil bleibt, nickt er befriedigt, schiebt das Gerät etwas an den Rand, setzt sich mit einer Hinterbacke auf die freigewordene Fläche daneben, lässt das andere Bein baumeln und einen Oberarm so auf dem Apparat ruhen, dass Unterarm und Hand vor dem Bildschirm herunterhängen. Manchmal beugt er sich etwas vor, wendet den Hals so, dass er den Bildschirm sehen kann, krümmt die herabhängende Hand deutend nach hinten, hebt und senkt, dem Rhythmus der Rede folgend, den Unterarm, reißt ihn auch dann und wann, unter heftigem Ausschlagen des baumelnden Beins, anspornend in die Höhe und lässt ihn wieder langsam, mit waagrecht teilender oder senkrecht rahmender Handfläche, sinken. 2 hat unterdessen auf Gürtelhöhe, eingezwängt zwischen Hose und Leibchen, wo in den Filmen harte Männer eine Pistole stecken haben, einen Taschenrechner herausgezogen. Schmallippig und ohne Überdruss sieht er abwechselnd auf 1 und auf die Leuchtziffern seines Gerätchens, das er mit dem Zeigefinger zielgenau bearbeitet. Immer wieder nickt er bestätigend, die Ergebnisse seiner Berechnungen scheinen günstig auszufallen. Zum Abschluss lässt 1 seinen Arm mit ausgestrecktem Zeigefinger nach vorn schießen, rutscht dann vom Tischchen herunter auf die Füße, entfernt seinen Stick aus der Buchse, steckt ihn wieder in die Brusttasche und geht zu seinem Sessel zurück.

Sie sitzen jetzt einander gegenüber, 1 vorgebeugt, wie zu einem Sprung entschlossen die Hände auf den Tischrand gestützt, 2 in überlegen aufrechter Haltung, das linke Augenlid lauernd etwas heruntergezogen, und wollen nun ohne Umschweife unser gemeinsames Ziel, die bestmögliche Nutzung unserer überschüssigen Zeit mittels einer Freundschaft, unverrückbar und sonnengroß vor uns an den Horizont stecken. Doch um das gleich klarzustellen: In keinem Fall darf diese Freundschaft, zu der heute die Grundlagen zu legen sind, den Charakter einer Ersatzhandlung besitzen oder einem Verlegenheitsimpuls entspringen, darf also nie dem hastigen Übertünchen einer abgeblätterten, hässlichen Stelle an der Wand, der vorübergehenden Belegung eines unbenutzten Käfigs mit einem altersschwachen Vogel gleichkommen. Was 1 zähnebleckend, 2 durchbohrenden Blickes anzustreben haben, ist vielmehr eine für beide Seiten auch langfristig vorteilhafte und weiterführende Gemeinsamkeit. 1 reibt sich die Hände, während 2 mit der linken Hand die Mähne in den Nacken pflügt, denn das vorhandene Potenzial lässt sich zweifellos so nutzen, dass dies zwangsläufig zu einem seelischen und zwischenmenschlichen Sprießen führen muss, ja diese heute noch brachliegenden Zeitabschnitte werden aufblühen, sie werden ihre potenzierende Essenz auch über andere, benachbarte Zeitabschnitte verströmen. Im Mittelpunkt unserer Bemühung um Gemeinsamkeit stehen also nicht bloß die genannten, in eine befriedigende Nutzung überzuführenden Zeitabschnitte, sondern auch andere, ich würde sogar, weit über den Tisch gelehnt, geradezu herausbellend sagen, ganz entfernte Zeiträume, die mittels der Erinnerung oder der Vorfreude zu befruchten und zum Gedeihen zu bringen sind. Der Bereich operativer Gemeinsamkeit beschränkt sich zwar auf einen vergleichsweise mageren Zeitraum, ihre Wirkung ließe sich jedoch bei umsichtigem Management und Anwendung eines potenten Zeitübergreifungs-Knowhows in beide Richtungen beinahe bis ins Unendliche ausdehnen. 2 lässt seine rechte Hand mit weitgespreizten Fingern einen Augenblick über der Tischplatte stillschweben, plötzlich fliegenfängerisch zusammenschnappen und faustgeworden niederknallen. 1 stützt derweil den wippenden Oberkörper mit beiden Händen auf den Tisch, seine Augen blitzen auf, wozu die Stunden operativer Gemeinsamkeit vor allem mit Intensität, Begeisterungspotenzial und Erinnerungsschwere zu erfüllen sind. Sie sind messerscharf von anderen Zeitabschnitten abzugrenzen und meilenweit daraus hervorzuheben. Sie haben auffällig zu sein, unvergesslich, lustvoll, jegliche Gewöhnung sprengend, müssen vorausstrahlen und nachhallen. 1 lehnt sich schwer atmend in seinem Stuhl zurück und wischt sich mit dem Handrücken den Schweiß von der Stirn. Das heftige Rascheln von 2 in seinen Papieren schwillt phasenweise zu einem eindringlichen Rauschen, und zur Erfüllung dieses Zwecks bieten sich im Sinne einer unverbindlichen, allgemeinen Aufzählung an: haarsträubende Abenteuer, schwindelerregende Grenzerfahrungen, alle Ketten zersprengende Selbstübertretungen, auf des Messers Schneide gelaufene Risiken, schockhaft die Glieder durchfahrende Lustgefühle, 1ens Kugelschreiber fliegt übers Papier, 2s Zeigefinger reckt sich empor. Das Entscheidende ist jedoch, dass all diese Handlungen und Taten von Gemeinsamkeit und Gegenseitigkeit durchtränkt sind. Allein, ohne den Partner vorgenommen, würde sich ihre Wirkung gleichsam auf das Hochwuchten eines leeren Sackes oder das Schälen faulenden Obstes beschränken, wohingegen 1 eine wegwerfende Handbewegung macht und 2 verächtlich lacht. Nichts darf uns schade sein, nichts uns aufhalten, alles werden 1, sich mit rotem Kopf vorbeugend, und 2, sich das Kinn knetend, uns zunutze machen, um dort zu sein, wo die süßen Trauben der Gemeinsamkeit hängen, und zuzugreifen, wenn sie reif sind. Aber: Der Wind schüttelt die Trauben hin und her, reißt gar die Stöcke aus und trägt sie an einen entfernten Ort, die Sonne lässt die Frucht mal schneller, mal langsamer reifen, das Gelände kann schwanken wie ein Brett auf dem Wasser, der Boden kann versauern oder vertrocknen, tausend Zufälle und Umstände sind blitzartig zu erfassen, berechnen, berücksichtigen, die Wege aber täuschen, es gibt keine sicheren Wege, manchmal ist Kriechen, manchmal Laufen, manchmal Fliegen, manchmal sogar Stillstehen das Erfolgversprechende, denn Erfolg ist das Leben, und das Leben ist ein Schlängeln. 2 lehnt sich zurück und verschränkt seine Hände hinter dem Kopf, 1 blickt in seine Papiere und bewegt kauend seinen breiten Mund, unverrückbar im Ziel, flexibel in den Mitteln, und deshalb ist als projektfördernde Maßnahme vorzuschlagen, dass jeden Monat eine Sitzung abgehalten wird, während der Richtlinien, Zielvorgaben, Mittel-Zweck-Analysen und Maßnahmenkataloge bezüglich Zeitaufwand und Tätigkeitsinhalt für den folgenden Monat zu erörtern und zu beschließen sind. Nun erhebt sich allerdings die Frage, wann diese Sitzungen anberaumt werden sollen, ob innerhalb der Stunden operativer Gemeinsamkeit oder außerhalb. 1 runzelt die Stirn, 2 lässt seinen Oberkörper auf seine Ellbogen fallen und zieht die Schultern ein. Gerade in Phasen knapp bemessener Zeit operativer Gemeinsamkeit wäre es nicht angebracht, diese durch metaoperative Aktivitäten noch weiter einzuschränken. Also sollten 2, seine Nase reibend, und 1, seine Hände zusammenlegend, uns vielleicht auch in diesem Punkt flexibel geben und dieses Tool je nach Stand der Dinge einsetzen. 1 blättert in seinen Papieren, legt einen ganzen Stapel zur Seite, nimmt ein weiteres in die Hand, überfliegt es nickend, mit dem Zeigefinger über die Lippen streichend. 2 stülpt die Unterlippe auf, blickt zweifelnd auf den Taschenrechner. Jedenfalls, sobald das Projekt einmal angelaufen ist, können wir je nach Bedarf und Lage immer noch eine Erhöhung oder Verminderung der Anzahl operativer Stunden ins Auge fassen und mehr oder weniger Zeiteinheiten bereitstellen oder auch eine Modifizierung der Periodizität in die Wege leiten. Allerdings: Bei zu knapper Zeitbemessung und bloß tröpfelndem Zeitfluss ließe sich kaum ein elendigliches Aufflattern erzielen, wir jedoch streben nach dem sich in die Höhe Schwingenden! Nehmen wir an, das eine Mal gehen wir von A nach B, doch da die Zeit knapp bemessen ist, hasten wir über die Erde, wir fliegen geradezu, unsere Füße streifen den Boden bloß, bis wir atemlos ans Ziel kommen. Doch: Bis zum nächsten Mal haben sich unsere Spuren verwischt, der Wind, der Regen, die Zeit. Was bleibt uns? Wir müssen das zweite Mal denselben Weg nochmals gehen, aber da die Zeit dieses Mal ebenso knapp bemessen ist, müssen wir wieder eilen, und wieder bleiben die Spuren schwach und verschwinden bis zum dritten Mal. Ergebnis: Die Zeit verstreicht ungenutzt, ja leerläufig, wir stagnieren bei Null. Hingegen: Mit etwas mehr Zeit bohren wir genüsslich unsere Füße in den Grund, es eilt uns nicht bis zum nächsten Schritt, dauerhafte Spuren sind gewährleistet. Vielleicht müssen wir das zweite Mal den Weg nochmals übergehen, doch stets bleibt uns genügend Zeit zum Fortschreiten ins Weitere, Großartige, Herrliche. Was ist daraus zu schließen? Folgendes: Wir nutzen die Zeit nur, sofern wir vom gesamten Zeitkuchen nicht nur fortlaufend einzelne, rein rechnerisch ausreichende Zeitkrümel abkratzen, sondern uns in regelmäßigen Abständen größere, ganze, fugenlose Zeitbrocken herausbrechen. Erst Happigkeit gewährleistet Produktivität!

"Dies eröffnet natürlich Wahnsinnsperspektiven!",

1 und 2 springen auf,

"Wie die Zielstunden die restliche Zeit überzuckern werden!",

laufen heftig auf und ab,

"Eine Energieeinspritzung erster Güte für den gesamten operativen und strategischen Lebensbereich!",

die Oberkörper vor Begeisterung gekrümmt,

"Zu Ende sind Darniederliegen und Welken!",

die Vorderarme mit geballter Faust energiegeladen schüttelnd,

"Alle Indexe werden in die Höhe schnellen!",

werfen endlich die Arme hoch, jubeln:

"Also Freunde! Freunde! Freunde wir zwei!"

Schwingend tritt 2 zum Telefon, drückt dreimal bedeutsam, die Hand jedesmal von hoch niederfahren lassend, auf einen Knopf, worauf daneben ein grünes Lämpchen aufleuchtet. Gutgelaunt stellt er sich vor einem der Landschaftsbilder an der Wand auf, das alsbald türhaft auf- und zur Seite klappt. Dahinter geht mit leichtem Sausen ein Kunststoffschiebetürchen hoch und lässt eine beleuchtete, schwarze Fläche mit zwei schlankhalsigen, perlenden Sektgläsern frei. Mit spitzen Fingern ergreift 2 die beiden Gläser am Stiel. Das Türchen fällt wieder zu, das Bild schwenkt zurück an die Wand. In jeder Hand ein Glas, tritt 2 an den Tischrand und reicht 1 eins über den Tisch. Wortlos heben beide ihr Glas einander zu, führen es an den emporgereckten Mund und leeren es dort hinein. Dann lassen sie die Gläser achtlos aus der Hand und auf die Tischplatte klirren, wo sie zersprungen und Tropfen hinterlassend noch eine Weile hin- und herrollen, währenddessen die Männer sich bereits Shirt und Jeans zurechtziehen und mit der Hand übers Haar fahren.

"Die Einzelheiten werden von unseren Sekretärinnen geregelt", sagt 1.

"Und dann das unterschriftsreife Dokument rasch per Mail rüber", sagt 2.

Dann verstauen sie die Papiere in den Aktenkoffern, raffen ihre MP3-Player zusammen, stülpen sich die Kopfhörer über die Ohren, nehmen die Aktenkoffer vom Tisch und verlassen ohne weitere Blicke hintereinander den Raum, in dem wieder das gleichmäßige Rauschen der Klimaanlage überhandnimmt und die Helligkeit geradezu betörende Ausmaße annimmt.

Der richtige König

Wieder werden die breitesten Straßen der Hauptstadt gesperrt, werden Abschrankungen aufgestellt, wird der Verkehr weiträumig umgeleitet. Wieder postieren sich an allen strategischen Punkten Sicherheitskräfte in Uniform und Zivil. Wieder strömt das Volk herzu, staut sich hinter den Schranken, säumt dunkel die helle Asphaltstrecke wie Ungeziefer einen befallenen Pflanzenstiel. Stundenlang harrt es, ob in Hitze, Regen oder Kälte, geduldig und unbeirrbar und immer wieder voller Erwartung, des Vorbeizugs.

"Wozu brauchen Sie denn einen König?", fragt der Reporter eine ältere Frau, die sich mit verschränkten Armen auf die Abzäunung stützt.

Die Frau starrt ihn verständnislos an, zuckt schließlich mit den Schultern und wendet sich rasch, als müsste sie sich schämen, ab.

Thronanwärter ziehen mehrmals in der Woche vorbei, auf geschmückten Elefanten reitend, auf bunten Streitwagen stehend, von einer Herde schäumender Pferde gefolgt, im Cockpit eines ultramodernen Düsenjets sitzend, einen Trupp im Tarnanzug kommandierend oder von einem Dutzend leichtbekleideter Mädchen umschwärmt. Mit solch exorbitantem Aufwand buhlen sie um das Volk, denn das Volk ist ihr Richter: Es allein bestimmt, wer der richtige König sei.

Das Volk ist nicht leicht zu gewinnen. Eine einzige ungeschickte Handbewegung, ein Kopfnicken zur falschen Zeit, eine unpassende Gewandung, und das Volk buht und wendet sich enttäuscht weg. Seit Monaten, ja Jahren konnte kein König das Volk überzeugen.

Die Spannung ist groß. Manche halten ein Transistorradio ans Ohr geklemmt. Vor der Stadt fänden blutige Gefechte statt, hört man. Von einem Duell wird berichtet, bei dem der Sieger dem Besiegten den Kopf abschneide, um sich damit für den Vorbeizug zu schmücken. Der heutige Anwärter komme als Piratenhäuptling auf einem großen Segelschiff, heißt es, das in einem riesigen, von Sattelschleppern gezogenen Wasserbecken schwimme. Gerüchte laufen aus wie Flüssigkeit aus lecken Tanks, fließen zusammen, schwellen an, rauschen durch die Menschenmenge und heben sie empor. Stimmen überschlagen sich, überschreien einander, zetern. Aber noch immer ist die ganze Strecke lang nichts zu sehen.

"Wozu brauchen denn Sie einen König?", fragt der Reporter nun einen jüngeren Mann, auf dessen Schultern ein kleines Mädchen sitzt und ein Fähnchen schwenkt.

Der Mann denkt nach, sagt dann: "Sobald ich ihn sehe, weiß ich's vielleicht."

"Aber wie wissen Sie denn, welches der richtige König ist?", hakt der Reporter rasch nach.

Der Mann antwortet nicht. Niemand spricht plötzlich mehr. Das Stimmengewirr, wie durchgeschnitten. Alle Blicke in eine Richtung, nach links die Straße entlang. Recken tausender Hälse, Scharren tausender Füße, Drängen und Drücken. Der Reporter spürt fremden, warmen Atem in den Haaren, im Nacken, an den Schultern, an den Armen. Jetzt wird ein Schritt hörbar, deutlich und gemessen, der Schritt eines Einzelnen, der Schritt eines Einzigen, näher und näher. Wer ist es? Wie ist er? Noch ist nichts entschieden!

Der Mann mittlerer Größe, mittleren Alters schreitet ohne Eile seines Wegs. Sein Blick ist in die Ferne gerichtet: Seines Zieles und seiner Ankunft ist er sich gewiss. Gekleidet ist er schlicht, beige Hosen, hellblaues Hemd. Er geht ganz allein und scheint nichts zu brauchen.

"Ein Schwächling, hat niemanden", ruft jemand.

"Im Gegenteil", widerspricht jemand anders, "noch nie war einer so stark, allein und mittellos zu kommen."

Andere Stimmen erheben sich, erhitzen sich im Dafür und Dawider. Worte gellen hin und her. Ratlos steht der Reporter mitten im Streit und sieht dem Anwärter nach, der ruhig weiterschreitet und sich entfernt. Da wendet sich der jüngere Mann mit vor Erregung gerötetem Gesicht um und schreit dem Reporter durch den Lärm hindurch zu:

"Sehen Sie's? Dies ist der richtige König! Er stiftet die Zwietracht, in der wir uns selbst finden. Jetzt können wir aufbegehren. Ohne König sind wir nichts als ein einziger harter Körper und nicht imstande, uns gegen uns selbst zu wenden."

Die Überquerung des Platzes

Endlich, es war an einem Mittwochabend, gelangte ich von Osten her auf den Platz, ein beinahe unabsehbares Geviert, in seiner Mitte eine weitläufige Parkanlage, an den Rändern die Haifischzähne multinationaler Banken und Gesellschaften. Der Feierabendverkehr staute sich schnaubend vor einer roten Ampel – das Wagnis konnte beginnen! Ich setzte, ohne zu zögern, den Fuß auf den Zebrastreifen, überquerte die breite Straße und betrat guten Mutes den hartgewalzten Sand des Spazierweges, der mich mitten durch das tückische Grün, so hoffte ich, auf die andere Seite des Platzes führen würde. Einen letzten Moment hielt ich inne, atmete nochmals tief durch, den Blick kühn nach vorn gerichtet. An der Westfront sank die Sonne orange hinter das vielstöckige, mit dunklem Glas überkleidete Bürohochhaus. Ich würde also nun, gewissenhaft und unbeirrt, den Platz durchmessen, die gewundenen Wege zurücklegend, die zwischen Blumenbeeten, Ziersträuchern und Baumgruppen hindurch Breit- und Längsseiten miteinander verbanden. Lautlos gingen die verschnörkelten Laternen an und warfen trübgelbe Lichtkegel in die Dämmerung.

Ich marschierte entschlossen los. Meine langgehegte Befürchtung, es möchten im entscheidenden Moment zu wenige Leute unterwegs sein, als dass ich mich unauffällig unter sie mischen, aber immer noch zu viele, als dass ich gänzlich ungesehen bleiben könnte, erwies sich zum Glück als nichtig. Pausenlos schlenderte es mir entgegen und vor mir vorüber: bedächtig ältere Männer, Hände auf dem Rücken und schleppende Stimmen; hüpfend, springend, schreiend Kinder, dahinter Kinderwagen schiebende Frauen und Männer, schrill zu Vorsicht, Maßhalten, Benehmen, Dableiben anhaltend; Gruppen Jugendlicher, heftiges Gestikulieren, rohes Auflachen; Paare, viele Paare, Hand in Hand, Arm in Arm, glücklich verschwiegen. Auf die in regelmäßigen Abständen an den Wegrand gesetzten Bänke drückten sich freizeitlockere, feierabendmüßige, vergnügungsgewisse Freunde und Bekannte, Verwandte und Kollegen in regem Wechsel. Nur vereinzelt sah ich Aktenkoffermenschen eilig durch den zähen Spaziererstrom schlüpfen, in Richtung Bushaltestelle, U-Bahnstation, Parkplatz irgendwo jenseits meines Gesichtskreises.

Ich ließ mich durch das Treiben nicht von meinem Zweck abbringen und schritt gemessen aus. Der Abend war nun ergraut, nur da und dort noch ein rötlicher Abglanz. Ich lief, so gleichmäßig es ging, zwischen den Leuten hindurch und erreichte bald die Mitte des Platzes, wo die von den verschiedenen Seiten sich heranschlängelnden Wege ein wie von unruhigem Gewässer gespiegeltes Kreuz bildeten. Vorbei am kleinen Parkcafé mit seinen Girlanden verschiedenfarbiger Glühbirnen und seinen weißen Plastiktischen und -stühlen voll lachenden Geplauders trat ich zum kreisrunden, von einem wulstigen Steinrand eingefassten Springbrunnen, in dem ein dunkler Hund umherplanschte. Auf der anderen Seite des etwa zwei Meter hohen Wasserstrahls, der aus dem emporgerichteten Schnabel eines metallenen Pelikans hervorschoss und versprenkelt wieder niederprasselte, wartete ein älteres Ehepaar. Ihre schattenhaften Umrisse standen ohne erkennbare Regung beieinander, mit hängenden Armen, den Kopf unbestimmt nach vorn gewandt, wo jetzt der Hund seine Vorderpfoten auf den Steinwulst stützte und mit aufgestellten Ohren irgendwohin äugte. Der Hund gehörte gewiss dem Ehepaar und durfte sich nochmals austoben, bevor er nach Hause geführt wurde. Ich erwartete jeden Moment einen befehlenden Pfiff des Mannes, einen mahnenden Ruf der Frau, irgendeine energische Winkbewegung, und plötzlich ängstigte ich mich, ob man jetzt, da ich unversehens aus dem allgemeinen Strom herausgetrieben war, mein Vorhaben durchschauen und mir Einhalt gebieten würde. Gefahr, eben noch flüchtig in den höchsten Schichten einer entspannten Atmosphäre schwebend, hatte sich auf einmal über mir zusammengeballt. Dies war zweifellos der bisher heikelste Moment meines Unterfangens. Behutsam bewegte ich mich die den Lichtern des Parkcafés abgewandte Seite des Springbrunnens entlang und überstürzte meinen Schritt auch nicht, als der Hund watend und mit unterwürfigem Blick in meine Nähe kam. Um extreme Gefährdungen meines Unternehmens zu vermeiden, unterließ ich es, das scheu zutraulich heranschnuppernde Tier zu streicheln oder gar am Hals zu kraulen. Immer wieder warf ich prüfende Blicke auf das Ehepaar, das sich aber abgewandt zeigte und sich wortkarg und mit müden Händen über eine am nächtlichen Himmel wohl nur schwerlich auszumachende Wolke zu verständigen schien.

Ich war nun auf der anderen Seite des Springbrunnens angelangt und bog leisen, unauffälligen Schrittes in den ans Zielende des Platzes führenden Weiterweg ein. Hier war ich nun fast allein. Nur vereinzelt saßen auf den Bänken noch Leute: ein aneinander vergriffenes Liebespaar; ein wirrhaariger Mann, der mit geschlossenen Augen aus einer Flasche trank; ein Mädchen, das ein wohl noch bei Tageslicht aufgeschlagenes Buch auf seinem Schoß mit gefalteten Händen bedeckte und in ferne Gegenden schaute. Aber ich folgte seinem Blick nicht, wie ich dies sonst vielleicht getan hätte, sondern ging bestimmt und unabbringbar meines Weges zur anderen Seite des Platzes. Entgegen kam mir niemand. Möglicherweise war diese Seite des Parks ja überhaupt die weniger besuchte. Auch war es schon später geworden, die meisten Leute waren jetzt sicher bereits auf dem Weg nach Hause, standen vielleicht gerade im Begriff, den Schlüssel aus der Tasche zu ziehen, um die vertraute Haustür zu öffnen, und begreiflicherweise lag es ihnen fern, sich in diesem Augenblick um mich und mein wagemutiges Tun zu kümmern oder mich gar daran zu hindern. Je näher ich dem Ausgang kam, desto schleuniger schritt ich aus, denn ich wusste mich dem Ziel nahe.

Dann hörte ich harte, rasche Tritte hinter mir, und ich wusste gleich, sie würden mich selbst einholen, wenn ich den nicht mehr großen Rest des Weges bis zum Ausgang rannte. Ich hätte zur Seite laufen und mich ins Dunkel der Gebüsche verlieren können, aber das hätte gewiss erst recht Aufsehen und Argwohn erregt. Auch Stehenbleiben hätte mich höchsten Risiken ausgesetzt. Also schritt ich weiter, die Hände in den Manteltaschen, Rücken und Nacken zielstrebig nach vorn gezogen. Schon knirschten die Schritte ganz nah hinter mir, alles wurde weich in meinem Innern, jetzt waren sie auf derselben Höhe und – pochten an mir vorbei und weiter. Erleichtert, ja selbstsicher reckte ich mich wieder zu meiner vollen, mir nun beinahe übermenschlich vorkommenden Größe und blickte dem mir immer weiter vorauseilenden Mann hinterher. Er trug einen dunklen Mantel und einen Hut. Die Hände waren in den Manteltaschen vergraben, der Rücken und der Nacken vornüber gekrümmt, als wäre der Mann geradezu versessen auf die Richtung seines Weges. Fast wäre mir ein Ausruf des Erstaunens entfahren. Ich hatte mich bis jetzt für einen Pionier gehalten, aber die Vorstellung, dass sich Andere gleich mir auf das große Wagnis einließen, fand ich bestärkend und erhöhend. Einen ganz kurzen Augenblick lang war ich sogar versucht, dem Mann nachzuspringen und mit ihm warmherzig Erfahrungen auszutauschen, doch besann ich mich rechtzeitig darauf, dass dies unser beider Vorhaben vernichten könnte. Auch entschwand nun der Mann meinen Blicken, der Ausgang des Parks lag vor mir.

Die breite Straße war mittlerweile schon ziemlich verödet. Nur ein paar Taxis rasten vorüber. Gegenüber stachen die zugespitzten Türme der weltweiten Konsortien Sterne in den Himmel. Der Triumph meines Unternehmens hatte mich so erkühnt, dass ich nicht das grüne Licht abwartete, um laut pfeifend die Fahrbahn zu überqueren. Ja ich stellte mich sogar an der Ecke auf und winkte eins der schwarzen Taxis heran. Das Taxi hielt heftig am Straßenrand. Ich riss die Tür auf und schwang mich hinein.

"Nach Westen", forderte ich den Fahrer auf.

Städtische Bibliothek, täglich geöffnet

Eines Tages – es war nicht einmal besonders heiß – bekam Ebenz starken Wissensdurst. Auf die Frage, wie diesem ungewohnten Zustand zu begegnen sei, riet ihm eine Freundin zum Genuss eines Lexikons, das alles Wissen enthalte.
"Ich habe aber kein Lexikon", entgegnete Ebenz.
"Dann gehst du am besten zur Städtischen Bibliothek", sagte die Freundin.

Wie oft hatte Ebenz im Vorübergehen schon voller Ehrfurcht an der herrlichen, auf mächtigen Säulen ruhenden hellen Fassade hinaufgeblickt! Nun stapfte er selbst die niedrigen Stufen der Freitreppe hinauf, eine einzelne, kleine Person in einem jahrhundertealten Strom zu Wissen und Größe emporstrebender Menschengeister, deren bedeutendste, Götter der Gelehrsamkeit, in Stein gehauen auf den sitzbreiten Geländern den Aufgang säumten.
Zwischen den gewaltigen Säulen hindurch huschte Ebenz zum verglasten Eingang. »TÄGLICH GEÖFFNET!« stand, mit Kugelschreiber geschrieben und zur Verdeutlichung mehrfach nachgezogen, auf einem schmutziggrauen Kartonfetzen, der an

die Tür geklebt war. Ebenz versuchte ins Innere zu blicken, aber durch das Blendschutzglas war nichts zu erkennen.

Endlich fasste er sich ein Herz und stieß die Glastür auf. Da schlug ihm ein derart überwältigender Geruch nach geschrubbten Steinböden und geläutertem Streben entgegen, dass er sich beeilte, die nur langsam zurückschwingende Tür zuzudrücken, als gälte es zu verhindern, dass in seinem Gefolge niedere Lebensformen oder gar Knoblauchgeruch eindrangen.

Auf einen Schlag verebbte der Straßenlärm, Stille umfing Ebenz. Vor ihm führte eine breite Treppe aus hellem Marmor in die Höhe, die gewiss für Erlauchtere als ihn war. Er wandte sich nach rechts und trat auf eine weiße Tür in einem hohen, rundbögigen Rahmen mit Stuckverzierungen zu. Wo war die Klinke? Ebenz drückte mit der Hand gegen die Tür. Sie fühlte sich hart und rauh und kalt wie Mauerwerk an. Ebenz taumelte ein paar Schritte zurück. Jetzt erst bemerkte er es: Die Tür war zugemauert, man hatte bloß die Backsteine weiß angestrichen. Scheu wandte Ebenz sich um, schaute nach links, blieb ratlos stehen. Auch da war die Tür vermauert.

Durch die getönte Verglasung sah Ebenz den sonnenbeschienenen Gehsteig. Leute schlenderten vorbei, mit ungezwungenen Gebärden und frohen Blicken.

Nein, er wollte wissen!

Also doch die Marmortreppe, zögernd begann er die Stufen emporzusteigen. Den Blick hielt er treppauf gerichtet, stets auf der Hut. Wie hoch und weiß und kahl waren die Wände! Einmal stieß er mit dem Fuß gegen eine Schiene aus mattgelbem Metall, es schepperte, er erschrak, er lauschte. Nichts rührte sich. An allen Stufen war eine solche Schiene festgeschraubt. Als hier noch ein Läufer lag, brauchte man sich selber nicht zu hören, während man die Treppe hinaufging, sondern konnte sich ganz seinen Gedanken hingeben. Wenn hingegen jedermann seine Schritte hören und ihn jederzeit fragen oder rufen oder zurechtweisen konnte...

Auf dem Podest verzweigte sich die Treppe. Ebenz äugte links hoch, rechts hoch, welche nur? Schließlich stieg er rechts weiter.

Im ersten Stock vereinigten sich die beiden Treppen wieder zu einem breiten Vorplatz. Durch das große Fenster sah Ebenz über das Dach des Portikus auf die Straße. Zahllose Autos glitten vorüber, aber Ebenz hörte nur das Kratzen und Quietschen seiner Schuhsohlen auf dem glatten Boden. Auch hier waren die Türen auf beiden Seiten, niedriger und schmaler als die im Erdgeschoss und mit rechteckigem Abschluss, zugemauert, doch hatte man sich nicht mehr die Mühe gemacht, die hässlichen rohen braunen Backsteine weiß anzustreichen.

Eine schlichtere, schmalere Steintreppe führte über einen Absatz in den zweiten Stock, dessen Türen mit rohen Holzbrettern verrammelt waren. Ebenz stieg weiter, immer grauere, dämmrigere Treppen empor.

Endlich war die Treppe zu Ende. Ebenz stand vor einer Art Verschlag, dessen Tür aus Sperrholz offen stand. Er klopfte zaghaft und lugte in den niedrigen, von Neonleuchten erhellten Vorraum. Eine dickliche Frau mit fettigem Haar musterte ihn misstrauisch.

"Was wollen Sie?", fragte sie, ohne ihre Zigarette aus dem Mund zu nehmen.

"Ich habe zu Hause kein Lexikon", stammelte Ebenz, "darum habe ich gedacht, vielleicht..."

"Die Benutzungsgebühr beträgt dreißig", unterbrach ihn die Bibliotheksangestellte und streckte ihm die offene Hand hin. Beflissen kramte Ebenz in seiner Hosentasche und brachte drei Geldscheine zum Vorschein. Die Frau steckte sie gleichgültig weg.

"Wir haben zwei Lexikons", schnarrte sie, deutete mürrisch mit dem Arm in eine Richtung und schlurfte in ihren Schlappen auf eine Tür zu. Hastig folgte Ebenz.

Allein hätte sich Ebenz nie zurechtgefunden, selbst wenn er nicht zum ersten Mal hier gewesen wäre. Kreuz und quer stand Gestänge herum. Darauf lagen Bücherborde, manche schief und schräg. An einzelnen Stellen musste sich Ebenz bücken, um unter einer Stange durchzukommen. Bücher lagen überall auf dem Boden, gefährlich schwankend aufeinandergestapelt oder auch wahllos übereinandergeworfen, große, kleine, dicke, dünne, farbige, schwarze, weiße, braune Bücher. Da und dort sah Ebenz Gestalten in den Bücherhaufen herumwühlen. Sie saßen auf dem Boden, mit wirrem Haar und dreckigen Fingernägeln, wie ungewaschene Kinder unter abgeschlagenen Bauklötzchen, und zogen Buch um Buch aus dem Durcheinander, blätterten es durch, spuckten aus, klappten es wieder zu und warfen es achtlos zur Seite. Sie blickten nicht auf, als Ebenz und die Angestellte an ihnen vorbeiliefen.

Ebenz wunderte sich, dass die Angestellte sie nicht zur Ordnung rief. Die Frau musste etwas von Ebenz' Gedanken ahnen, denn sie wandte sich kurz um und meinte mit gleichgültiger Miene, Kultur und insbesondere Bibliotheken würden vom Staat nicht genügend gefördert. Sie nahm einen letzten Zug von der Zigarette, warf dann die Kippe achtlos weg. Zielstrebig ging sie weiter, zwischen halbaufgebauten Gestellen, herunterhängenden Brettern und steilen Bücherhaufen, geradeaus, links, rechts, durch ein Labyrinth von Gängen. Schließlich blieb sie vor ein paar Stapeln stehen, vor denen sich ein älterer Mann niedergelassen hatte, der ein angegilbtes Bilderbuch anschaute und dazu krachend in einen Apfel biss.

"Weg da!", raunzte die Frau.

Der Mann sah erschrocken hoch, rappelte sich auf, behändigte hastig einen zerknitterten Mantel, senkte geradezu schuldbewusst seinen wässrigen Blick und entfernte sich trottenden Schrittes.

Die Frau zog einige dicke, staubige Bände aus einem fast mannshohen Stapel heraus, der daraufhin in sich zusammenkrachte, schob mit ihren Schuhen die herumliegenden Bücher zur Seite, so dass um Ebenz eine freie Fläche entstand, und warf ihm die dicken Bücher vor die Füße.

"Hier, das Lexikon!", sagte sie. "Wenn Sie fertig sind, schreien Sie. Ich zeige Ihnen dann das zweite, neuere."

Wegen des aufgewirbelten Staubes musste Ebenz niesen. Über den Rand des Taschentuchs, in das er sich schnäuzte, blickte er um sich. Einen Stuhl oder Tisch sah er nirgends, und zum Sitzen waren die Bücherstapel zu instabil. Es blieb ihm nichts Anderes übrig, als sich auf dem dreckigen Boden niederzulassen. Nicht einmal anlehnen konnte er sich, und mit seinen Beinen wusste er auch nicht wohin. Schließlich streckte er sie lang und etwas gespreizt aus und zog die Bände des Lexikons zu sich heran.

Es waren alte, abgegriffene Schinken. Die Buchdeckel aus hellem Leder waren abgewetzt, die Ecken rissig und fransend. Die Buchrücken hatten sich oben und unten von den Buchkörpern gelöst, waren umgeknickt oder abgerissen. Die dunkel eingestanzten gotischen Lettern waren verblasst, aber immerhin waren sie noch einigermaßen leserlich.

Ebenz hievte den Band Aa-Ad zwischen seine Beine und schlug ihn auf. Das Papier war spröde, die Seiten waren teilweise eingerissen, die Ränder vergilbt. Ebenz begann zu lesen.

»A. A heißt der erste Buchstabe des Alphabetes, mit welchem jegliches gottesfürchtige Menschenbemühen zu beginnen hat. Kann sich doch, wer nicht bei A beginnt, nicht zum Geistigen erheben und muß der Gottlosigkeit anheimfallen. Eingedenk dessen, hebt auch dieses Lexicon mit dem genannten Buchstaben an. Noch steht der Mensch aber am Anfange des Weltwissens, sintemalen die Wissenschaft, Gipfel aller menschlichen Werke und schönste Verheißung irdischer Vollkommenheit, erst vereinzelte Erkenntnisstrahlen in die Finsternuß des Seins geworfen hat. Dies zu Herzen sich nehmend, eile der Mensch nicht voller Drang und Vermessenheit seiner Zeit voraus, sondern bescheide sich mit dem Wissen, das ihm Gott bis dato geschenkt, welchselbiges den Buchstaben A allein umfaßt und die Buchstaben B oder gar C noch nicht beleuchten zu können vermeine.«

Aus welchem Jahr stammte dieses Lexikon? Ebenz blätterte zurück, suchte das Impressum. Die ersten paar Seiten waren leer, erst auf der achten Seite fand er unten, kleingedruckt, was er suchte: »Gedruckt zu Pritzen im Jahre des Herrn 1834«.

Ebenz klappte den Band zu. Dieses vorsintflutliche Lexikon enthielt kein aktuelles Wissen. Nein, er brauchte das neue, von dem ihm die Bibliotheksangestellte gesprochen hatte.

Ebenz legte den Band zur Seite neben die anderen Bände des Lexikons, erhob sich ungelenk, klopfte sich den Staub von Hosen und Mantel und sah umher. Überall Gestänge und Bretter, die an niedrigen, abbröckelnden Zwischenwänden lehnten, und Bücher, zu Hauf auf dem Boden, in Winkeln und Ecken, übereinander, nebeneinander, zwischeneinander. Eine lebende Seele sah er nicht.

"Bitte!", sagte er und lauschte. Er glaubte von irgendwoher Rascheln zu vernehmen, dann auch ein fernes Krachen.

"Hallo, bitte!", sagte er etwas lauter. Aber immer noch war keine Antwort zu hören. Er holte tief Luft.

"He Sie!", rief er laut.

"Hier", ertönte die Stimme der Frau aus der Ferne. Sie klang seltsam atemlos, fand Ebenz und begann, der Stimme nachzugehen.

"Wo?", rief er.

"Hier", erscholl es wieder keuchend, schon etwas näher.

Ebenz lief jetzt zielstrebiger, er hatte die Richtung erfasst, an querstehenden Brettern, phalanxartig aufgestellten Stangen, vor ihm sich auftürmenden Bücherstapeln vorbei. Einzelne auf dem Boden vor einem geöffneten Buch kauernde oder liegende Gestalten beachtete er gar nicht. Als er an einem Winkel vorbeikam, in dem es nach Pisse roch, rümpfte er die Nase und beschleunigte seinen Schritt.

"Sind Sie da?", rief er nochmals.

"Ja, hier", antwortete es, und dann hörte Ebenz auch das Stöhnen. Es musste gleich hinter dieser Zwischenwand sein. Rasch lief Ebenz um ein Gestell, auf dem einige Bücher sogar standen, herum und gelangte auf die andere Seite der Zwischenwand.

Die Frau saß rittlings, den grauen Rock bis zum Bauchnabel und die fleckige hellblaue Bluse bis über die Brüste hochgeschoben, auf einem Individuum mit heruntergelassenen Hosen, löchrigem Pullover und borstigem Haar und bewegte ihren schwabbeligen Hintern vor und zurück, während der Mann mit beiden Händen ihre Brüste knetete,. Ihr Gesicht hielt sie verzückt zur Seite gewandt, im Mundwinkel eine halbaufgerauchte Zigarette. Als sie Ebenz gewahrte, erklärte sie atemlos:

"Nutzungsgebühr eintreiben, Geld hat der keins."

Dann schloss sie die Augen, die Lust verzerrte ihr das Gesicht, das Keuchen wurde stärker und schneller, die Zigarette fiel ihr aus dem Mund.

Peinlich berührt wandte sich Ebenz ab und entfernte sich etwas. Er kauerte sich nieder, griff sich einen großformatigen Bildband über die Kirchenkunst des Frühbarocks und schaute sich angestrengt die Fotos von vergoldeten Altären, marmornen Engeln, gipsernen Trompetchen und geschnitzten Jungfrauen an. Als er bereits weit über die Hälfte des Buches durchgeschaut hatte und sich das keuchende Stöhnen schon ein drittes oder viertes Mal wieder verstärkte und beschleunigte, verlegte er sich darauf, die Bildlegenden zu lesen. Zunächst nur tonlos die Lippen bewegend, dann vor sich hin raunend, las er die Texte, ohne etwas vom Gelesenen aufzunehmen. Es waren nichts als aneinandergereihte Wörter, deren Klang er fasziniert nachlauschte, während er sprach. Als er schließlich zu den Quellennachweisen kam, hatte sich seine

Stimme unwillkürlich schon so erhoben, als halte er vor einer Versammlung einen Vortrag. Geschmeidig floss seine Rede dahin, setzte dramatische Satzakzente und führte die Intonation zu persuasiven Höhepunkten. Er hatte sich aufgerichtet, begleitete seine Worte mit ausdrucksstarken Gesten, diskursierte stirnrunzelnd über F. Kaunzerl, Vergoldungstechniken im Frankreich des frühen 17. Jahrhunderts, Edition Academia Delta, Merkstadt 1975, und folgerte triumphierend J. Menzing, Musikinstrumentenkundliche Betrachtung der Trompetenbläserfiguren im Kloster Neewers, Verlag Musica Antiqua, Pfernsheim 1964.

Als er beim Buchstaben P angelangt war, unterbrach ihn eine Stimme von hinten:

"He Sie, wollten Sie nicht noch ein Lexikon sehen?"

Ebenz zuckte zusammen und wandte den Kopf.

"Folgen Sie mir", forderte ihn die Frau auf, der eine neue Zigarette aus dem Mund hing, und lief davon. Ebenz konnte nicht einmal mehr das Buch schließen, er sprang auf und lief der Frau nach, die bereits um eine Ecke gebogen war.

Die Frau deutete auf einen Stapel in braunes Packpapier eingeschlagener und verschnürter Pakete.

"Die sind vor drei Monaten gekommen, brandneu", erklärte sie und ging weg.

Ebenz nahm eins der Pakete und riss es auf. Die Schnur und das Papier warf er, nachdem er sich vergeblich nach einem Papierkorb umgesehen hatte, in eine Ecke. Aber es war nicht der Band 1. Er musste noch mehrere Pakete öffnen, bevor er den ersten fand. Mit Genugtuung stellte er im Impressum die Jahreszahl fest: auf dem neuesten Stand.

Ebenz blätterte bis zum ersten Eintrag vor und las mit Verblüffung:

»Z. Z schließt als letzter Buchstabe das Alphabet ab. Z-Erkenntnisse sind die letzten, abschließenden Erkenntnisse, dank denen sich der Menschheitstraum vom lückenlosen Weltwissen erfüllt. Mit Fug und Recht darf behauptet werden, dass dem Menschen nun nichts mehr verborgen, nichts mehr ein Geheimnis ist. Da die Z-Erkenntnisse sich als so umwälzend erwiesen haben, dass in ihrem Licht alle vorhergehenden Erkenntnisse von A bis Y als hoffnungslos veraltet und überholt zu erachten sind, kann auf deren Wiedergabe in diesem Lexikon guten Gewissens verzichtet werden. Ein einziger Vorbehalt sei allerdings nicht unterschlagen: An mehreren Spitzen-Universitäten laufen Forschungsvorhaben in bereits fortgeschrittenem Stadium, durch welche mögliches Ultra-Z-Wissen erschlossen werden soll. Diesbezüglich sei auf eine nächste, erneuerte Ausgabe dieses Lexikons verwiesen.«

Ebenz schaute vom Buch auf und ließ nachdenklich die Seiten durch die Finger gleiten. Plötzlich klappte er den Band zu, wischte ihn beiseite.

Es war alles ganz einfach!

Er krabbelte zum Stapel noch eingepackter Bände, riss einen um den anderen auf. Er brauchte bloß den letzten Band, den allerletzten. Denn wenn die letzten Erkenntnisse die maßgebenden waren und in ihrem Licht alle vorhergehenden als hoffnungslos überholt galten, dann mussten dementsprechend auch die im letzten Band enthaltenen alle in den vorhergehenden Bänden hinfällig werden lassen. Endlich, hier war er, Band 14, Zu-Zz, der letzte Band. Ebenz schlug ihn auf und blätterte ungeduldig nach hinten. Die letzte Seite, sie machte alle vorhergehenden nichtig, hier waren die entscheidenden Erkenntnisse: »Zyste«, »Zystein«, »Zystin«, »Zystitis«. Und von allen Einträgen war der letzte, der allerletzte der ausschlaggebende, Ebenz las glücklich: »z.Z., Abkürzung für: zur Zeit«.

Was brauchte Ebenz mehr? Noch zögerte er. Aber nichts war zu hören, niemand war zu sehen. Da riss er die Seite, die letzte des letzten Bandes des letzten Buchstabens, sorgfältig aus dem Buch heraus, faltete sie, steckte sie rasch in die Manteltasche. Behutsam legte er den Band wieder zu den anderen, erhob sich flink und entfernte sich, die Hände auf dem Rücken verschränkt.

Ein leichter Luftzug führte ihn, an zahllosen Gestellen und Bücherhaufen vorbei, zur offen stehenden Tür. Zum Glück war die Bibliotheksangestellte nicht im Vorraum, Ebenz wäre womöglich ins Stottern geraten. Im Hochgefühl seines lückenlosen Wissens sprang Ebenz die Treppen hinunter.

Er würde bestimmt wiederkommen, in einigen Wochen oder Monaten, und nach der neuesten Neuausgabe des Lexikons fragen.

Die Theateraufführung

Ich stelle mir vor, wie ich ins Theater gehe. Das Stück, das ich zu sehen bekomme, heißt schlicht und geheimnisvoll

DIE THEATERAUFFÜHRUNG

Der Name des Autors wird nicht angegeben. Auch die Namen der Schauspieler werden verschwiegen. Offensichtlich will man jegliches Zugeständnis an den beruflichen Ehrgeiz vermeiden. Überhaupt erhalte ich kein Programmheft, wenn ich mich auf meinen Platz – wo? Bevorzugt irgendwo in der Mitte – setze. Nur ein weißes Blatt mit dem Titel des Stücks in schwarzen Lettern, darunter, kleiner, immerhin, die Namen

ASSE
MARNA
POL
QUAILA

die ich zutreffend als die auftretenden Personen interpretiere.

Alsbald verdunkelt sich der bis auf den letzten Platz besetzte Zuschauerraum. Das Gemurmel verstummt. Vollkommene Finsternis. Gleich gleitet der Vorhang auseinander, gleißen Scheinwerfer auf, erscheint die Bühne... Denkt man! Doch der Vorhang bleibt hermetisch geschlossen, Licht fällt nur auf die öde Vorbühne – Verblüffung!

Doch schon schlendern – oder besser: latschen POL und QUAILA von links, von rechts ASSE und MARNA auf die Rampe. Alle ganz locker freizeitgekleidet: weiße T-Shirts mit ihren großlettrig aufgedruckten Namen, Jeans und Minis, sportliches Schuhwerk. Mit herabbaumelnden Armen lümmeln sie eine Weile herum, schauen ziellos – oder ratlos? – umher. Kein Wort.

Auf einmal erklingt aus dem Hintergrund Chorgesang. Aus der Ferne werden unregelmäßige, hölzerne Schläge hörbar. Weit weg wird herumgebrüllt. Die vier Darsteller scheinen leicht zu erschrecken. Fragend oder gar bestürzt blicken sie einander an und deuten auf den geschlossenen Vorhang. Dann schütteln sie den Kopf, zucken mit den Schultern. Nur POL läuft mit gerunzelter Stirn zur Seite. Ich sehe, wie er ärgerlich gestikulierend auf jemanden, der unsichtbar bleibt, einredet, worauf das undeutliche Lärmen hinter dem Vorhang abebbt.

Kaum hat sich POL wieder etwas besänftigt, wird ihm unvermittelt ein runder Tisch an die Brust gedrückt. Beinahe verliert er das Gleichgewicht. Mit Mühe gelingt es ihm, zur Mitte zurückzuwanken und den Tisch polternd abzustellen.

Widerstrebend begeben sich nun auch die übrigen drei zur Seite. ASSE und QUAILA werden je zwei Hocker gereicht, MARNA ein großer Korb.

Schweigsam stellen sie die vier Hocker um den Tisch. Alle setzen sich. MARNA nimmt den Korb auf ihren Schoß, öffnet ihn. Unter meinen aufmerksamen Blicken legt sie

> *die Flasche Wein*
> *die Tageszeitung*
> *die Modezeitschrift*
> *das Rätselheft*
> *die Spielkarten*
> *die vier Blechbecher*
> *das Schachbrett*
> *die Wurst*
> *die Bleistifte*
> *die Streichhölzer*
> *den Brotlaib*
> *die Schachfiguren*
> *das Messer*
> *das Wachstischtuch*
> *die vier Teller*
> *die Kopfhörer*
> *den Aschenbecher*
> *die vier Gabeln*
> *die Papierservietten*
> *die zwei Päckchen Zigaretten*
> *den MP3-Player*
> *die Thermosflasche*
> *die Sonnenbrille*
> *die fünf Äpfel*
> *die Würfel*
> *den Walkie-Talkie*
> *und den Schreibblock*

ordentlich auf dem Tisch aus und verwahrt anschließend den Korb hinter ihrem Hocker, während die Anderen ruhig zuschauen. Dann setzt sich ASSE lässig die Sonnenbrille auf. MARNA beißt krachend in einen Apfel. QUAILA hat sich geschwinde ein Päckchen Zigaretten gegriffen. Hastig reißt sie die Plastikfolie ab, klopft eine Zigarette heraus, zündet sie an, raucht gierig, während POL gelangweilt mit dem rechten Fuß wippt.

"Und was machen wir jetzt?", fragt er.

"Irgendetwas! Irgendwas!", ruft QUAILA gereizt.

"Warum spielen wir nicht eins?", schlägt ASSE beruhigend vor und nimmt die Spielkarten in die Hand.

"Ok", sagt POL, "teil schon aus!"

In dem Moment wirft MARNA wie achtlos das Apfelgehäuse ins Publikum. Natürlich kriegt einer es mitten ins Gesicht und schaut furchtbar böse drein. Auf der Vorbühne ersticktes Kichern, krampfhafte Grimassen. Als erste platzt QUAILA. Gleich brechen auch die anderen in hysterisches Gelächter aus. Übermütig wirft QUAILA die noch brennende Kippe in den Raum. Grölendes Auflachen. ASSE lässt Papierflieger durch die Ränge sausen, POL spickt Brotkrümel in die Reihen. Sie halten sich die Bäuche, so lustig ist es, während die ersten Zuschauer mit empörter Miene den Raum verlassen.

Doch mit einem Schlag vergellt das Lachen. Erschrocken springen die Darsteller vom Tisch auf. Sehr befremdet vernehme auch ich die Marschmusik — und Schüsse, gewiss, in der Ferne hinter dem Vorhang wird richtig geschossen, sogar mit Maschinengewehren. Unbeweglich, furchtsam, mit angehaltenem Atem lauschen die Darsteller, die rechte Hand auf der Brust. Bei jedem Granateinschlag zucken sie zusammen, ziehen den Kopf etwas ein. Ständig werden Schreie ausgestoßen. Der Vorhang wellt sich, buchtet sich heftig — hier! dort! Darunter dringt bewegter Lichtschein hervor. Eine schrille Sirene ertönt. Da springt POL geduckt wieder zur Seite. Mit wutverzerrtem Gesicht scheint er jemanden am Kragen zu packen und zu schütteln. Daraufhin sinkt der Sirenenton ab und verstummt.

POL tritt wieder in die Mitte der Vorbühne. Grimmig gibt er ASSE einen Wink. Beide verschwinden hinter den Vorhang. Bang blicken ihnen MARNA und QUAILA hinterher. Bald verstummen

das Maschinengewehr,
die Granaten,
die übrigen Gewehre,
die Schreie,
auch die Marschmusik.
Der Lichtschein verschwindet.
Der Vorhang glättet sich.

Absolute Stille und Ruhe tritt ein.

Zögernd erscheinen POL und ASSE wieder vor dem Vorhang. POL wendet sich verlegen lächelnd ans Publikum:

"Verzeihen Sie bitte diese... Unterbrechung. Wir..., ich meine, die Bühnenarbeiter, nun, Sie wissen ja, ein roher Menschenschlag, aber... gottlob konnten wir den Streit schlichten! Danke!"

Einige Zuschauer applaudieren dürftig, andere, vereinzelte, rufen Buh. Ich aber sitze einfach still da und warte.

Verkrampft setzen die Darsteller sich wieder um den Tisch.

"Na, spielen wir?", fragt ASSE mit angestrengter Sorglosigkeit und fingert zerstreut an den Karten herum.

Keiner antwortet. Alle starren vor sich hin. Schweigen. Nach einer Weile zündet sich QUAILA beinahe zitternd eine weitere Zigarette an. Erneute Stille. Ins Leere stierend, ergreift POL die Flasche Wein mit der rechten Hand, tastet mit der linken nach einem Blechbecher, stößt ihn unabsichtlich über den Tischrand. Scheppernd fällt er zu Boden. Auf schreit QUAILA! Einen Teller wischt sie vom Tisch, ihren Hocker wirft sie um, sie kreischt hysterisch, fuchtelt mit den Armen in der Luft. Die Zigarette entgleitet ihren Fingern, fällt über den Bühnenrand in den Zuschauerraum. QUAILA zetert etwas, aber sie ist so außer sich, ich würde sogar sagen, übergeschnappt, dass man sie kaum versteht. Mir scheint, sie verneine etwas: "nicht" höre ich ein paar Mal deutlich heraus, auch "das", "richtige", "Stück", und jetzt verstehe ich auch "ist"...

Es dürfte nicht erstaunen, dass es mir nach einigem Bemühen gelingt, den Satz vollständig zu erschließen. QUAILA will uns Zuschauern also Folgendes mitteilen: Dies ist nicht das richtige Stück!

Gleich stelle ich mit Genugtuung fest, dass viele aus dem Publikum QUAILAs Geheul ebenso interpretieren wie ich, denn es wird jetzt getuschelt und geflüstert und der Kopf geschüttelt. Wieder erheben sich Einige geräuschvoll und streben verhalten schimpfend dem Ausgang zu.

Doch plötzlich der entsetzte Ruf:

"Feuer!"

Leute springen auf, vielstimmiger der Schrei:

"Feuer! Feuer! Feuer!"

Ausgestreckte Arme deuten nach vorn, zur Vorbühne. Dort steigt unter dem Vorhang übelriechender Qualm hervor, züngeln an einem Zipfel, ganz unten, flüchtige Flammen hinauf. Schon schlagen ASSE und MARNA, die wie versteinert während QUAILAs Herumgeschreie, das sei nicht das richtige Stück, das sei nicht das richtige Stück, ins Publikum gestarrt haben, mit dem Wachstischtuch, den Zeitschriften und ihren Taschentüchern auf den brennenden Vorhang ein, derweil POL zur Seite rast und mit einem überschwappenden Eimer zurücktorkelt und das ganze Wasser – platsch! – an den Vorhang gießt und die aufzischenden Flammen – gottlob! – löscht.

Große Erleichterung! Applaus für POLs beherzte Tat! Man steht noch, lebhaft diskutierend und gestikulierend, in den Reihen, in den Gängen, bei den Ausgängen, zögert, auf seine Plätze zurückzukehren. Geht das Stück denn weiter? Oder war der Brand vielleicht gar Teil des Stücks?

Schmunzelnd lehne ich mich zurück und wende den Blick nicht von der Vorbühne ab. MARNA wischt gerade mit den Papierservietten den Boden trocken. POL stützt sich mit ausgestreckten Armen auf den Tisch. Er wirkt erschöpft. QUAILA sitzt zusammengesunken, das Gesicht in den Händen vergraben, rechts gegen die Wand gelehnt. Sie wimmert vor sich hin. ASSE tigert nervös auf und ab, die Hände in den Hosentaschen. Jetzt versetzt er dem auf dem Boden liegenden Blechbecher einen heftigen Fußtritt.

Über den Schreck freue ich mich, wenn statt des zu erwartenden Schepperns ein urgewaltiges Brechen und Splittern und Scherbeln einsetzt. Das hört auch nicht auf, nachdem der Blechbecher schon längst zum Stillstand gekommen ist. Im Gegenteil, ganze Geschirrschränke scheinen leergefegt, ihr Inhalt mit wütender Gleichzeitigkeit auf den Boden gedroschen zu werden. Nichts bleibt heil hinter dem Vorhang, der sich jetzt auch wieder heftig buchtet, als versuche etwas vergeblich, aus seiner Eingeschlossenheit heraus ans Tageslicht, vor unsere Augen zu drängen.

Doch ebenso plötzlich, wie das Getöse begonnen hat, bricht es auch wieder ab. Aufatmen. Eine Weile bleibt es ganz still.

Manche setzen sich nun wieder hin, irgendwo in die gelichteten Reihen, auf die nächstgelegenen freien Plätze, den hastig zusammengerafften Mantel auf den Schoß gedrückt. Andere, grüppchenweise an den Ausgängen zusammenstehend, äugen misstrauisch gespannt, unentschlossen neugierig. Was wird als nächstes passieren? Wird überhaupt noch etwas passieren?

Aber selbstverständlich passiert noch etwas! Da! Eine rohe Verwünschung! ASSE ekelt es zurück. Ein erstickter Schrei von MARNA! Sie packt POLs Arm, bis an den Bühnenrand taumeln sie zurück. Entsetzt springt auch QUAILA auf! Stumm und voller Abscheu starrt sie auf den Boden.

Links und rechts von mir recken sich jetzt neugierige Köpfe vor. Auch ich schaue genauer hin. Was fließt denn dort auf dem Boden so langsam, so zäh, so klebrig, so stetig, unaufhaltsam, lautlos rechts unter dem Vorhang hervor? An einer Stelle staut sich die Flüssigkeit, zwischen sattgelb und ocker, bereits hinter der Leiste des Bühnenrandes...

Jetzt endlich hören wir QUAILA aufkreischen. Mit leidenschaftlich ausgestrecktem Arm deutet sie auf den angesengten Vorhang — oder vielleicht meint sie auch die durch den geschlossenen Vorhang unserer Sicht entzogene Bühne — und brüllt hysterisch schluchzend folgende deutlich zu verstehende Worte zu uns her:

"Dies ist nicht die richtige Aufführung..."

Hier wird sie Atem schöpfen müssen, stampft, schreit noch lauter:

"Die richtige Aufführung findet..."

Aber schon steht POL, nach einem halsbrecherischen Satz über den stockenden Auslauf, mit wilder Miene hinter ihr, schlingt ihr den linken Arm um den Hals und hält ihr mit der rechten Hand den Mund zu. QUAILA reißt die Augen riesig auf, schlägt um sich, strampelt. Gurgelnde, erstickte Laute entdringen ihrer Kehle. Verzweifelt sucht sie sich aus der Umklammerung zu befreien, aber POL ist stärker. Er schleift das widerspenstige, rotangelaufene, froschäugige, heisere Wesen durch das eklige Geschmiere zur Bühnenmitte, zieht es auf einen der vier Hocker hoch, wo ASSE es sogleich mit dem Tischtuch festbindet und ihm eine um die andere Papierserviette in den Mund stopft. Doch QUAILA gibt immer noch keine Ruhe. Sie windet sich unter ihren Fesseln, heult und lärmt und bringt ihren Hocker so gefährlich ins Schaukeln, dass POL kurzerhand die Weinflasche vom Tisch ergreifen, sie über dem störrischen Wesen aufziehen und auf seinem Kopf zerschellen lassen muss.

Da herrscht Ruhe. Nur ein unregelmäßiges Tröpfeln ist zu hören – der ausgelaufene Wein, der vom Stuhl heruntertrieft, vermute ich. Eigentlich ist das aber zweitrangig. Gleich anderen Zuschauern schlage ich durchaus mit einer gewissen Erleichterung und Genugtuung über die endlich wiederhergestellte Ruhe und Ordnung die Beine übereinander.

Und siehe, auch die drei verbliebenen Darsteller spüren plötzlich ein unbezwingbares Bedürfnis nach Ordnung. Hektisch raffen ASSE und MARNA die auf dem Boden zerstreuten Gegenstände zusammen, wischen sie mit den Papierservietten ab und legen sie sorgsam auf den Tisch. Derweil ist POL zur Seite geeilt und mit einer Schaufel in der Hand zurückgekehrt. Mit gerümpfter Nase schabt er den Boden von der eintrocknenden Flüssigkeit frei, hebt den Vorhang leicht auf und kehrt das ganze Zeug hinter den Vorhang zurück.

So ist's recht! Weg mit der Sauerei, dahin, wo sie hergekommen ist! Und den Hocker mit der in sich zusammengesunkenen QUAILA – schieb den doch auch aus dem Blickfeld! Genau! Ausgezeichnet! Unter dem fix gelüfteten Vorhang durch und fort! Nun die Schaufel zur Seite gestellt, aufatmen, den Schweiß abgewischt, und jetzt setzt euch mal an den Tisch, ganz ruhig und entspannt, vergesst die Aufregungen, nehmt die Karten, macht ein Spielchen, plaudert, was weiß ich!

Aber ich weiß schon... Nach ein paar Minuten scheucht die verbissen in ihr Kartenspiel Vertieften ein unverständliches Gequäke auf. Die plärrende Männerstimme kommt aus dem Walkie-Talkie. Argwöhnisch starren sie auf das Gerät, bis es ASSE zornig ergreift und einmal heftig auf die Tischkante donnert – verzerrtes Rauschen, Schmirgeln und Pfeifen – und gleich noch einmal – der Kontakt wackelt – und ein drittes Mal, und dieses Mal spicken einzelne Teile weg, Schräubchen, Knöpfe, die Plastikverkleidung zersplittert, die Antenne bricht ab. Das Gerät verstummt, endgültig tot. Wütend schmeißt ASSE es fort.

Es fällt in eine der vordersten Reihen. Irgendein Glatzkopf jault auf, und sogleich springen die Umsitzenden auf, rufen
"Unerhört ist das!"
"So kommen Sie uns nicht davon!"
"Das wird Konsequenzen haben!"
und führen den einer Ohnmacht nahen Herrn eilig den Gang entlang hinaus. Auch manch andere Zuschauer haben jetzt endgültig die Schnauze voll. Sie erheben sich mit einem Ruck aus ihren Stühlen, knallen wütend die Klappsitze hoch, krähen Flüche und Obszönitäten zur Vorbühne, auf der trotzig weitergespielt wird. Aufgebracht stampfen sie durch die Reihen zu den Ausgängen.

Natürlich regen sich auch ein paar gleich neben mir furchtbar auf:
"Eine Schweinerei!"
"Geld zurück oder Polizei holen!"
Verwünschungen ausstoßend drängen sie vor mir durch, und natürlich müssen sie gerade dann am lautesten schimpfen, mir gerade dann die Sicht versperren, als eine dröhnende Explosion das ganze Theater erschüttert. Maschinengewehrfeuer setzt ein. Kugeln pfeifen hin und her. Hastig stoße ich die vor mir erstarrten Zuschauer zur Seite. Gerade bekomme ich noch mit, wie der Vorhang von unsichtbarer Hand gewaltig emporgerissen und darunter von unsichtbarem Fuß der Hocker mit der zusammengesackten QUAILA wieder hindurchgetreten wird.

Der Kampfeslärm übertönt jeglichen entsetzten Aufschrei der Darsteller. Ich sehe nur, wie sie sich die Ohren zuhalten und einander gleichzeitig irgendwelche Worte zubrüllen. Außer sich toben sie auf der Vorbühne herum, rennen Stühle und Tisch und auch die leblose QUAILA um. Alles fällt zu Boden, aber kein Ton dringt davon zu uns, zu infernalisch schmettern Kanonen, Granaten, Maschinengewehre, Einschläge, Aufprälle, Splitterungen. Wie von Sinnen hängen sich die Darsteller jetzt an den Vorhang, zerren mit Leibeskräften daran. Schon lösen sich Fetzen. Schließlich reißt der Vorhang, stürzt wuchtig hernieder, begräbt die Darsteller unter sich.

Doch nun, da wir endlich einen begierigen Blick auf

DIE RICHTIGE BÜHNE

werfen könnten, ausgerechnet in diesem Moment geht

DAS LICHT

aus. Vollständig finster ist es. Auch

DAS GETÖSE

verlangsamt, verschleppt, verzäht sich, zerbröselt zu einem stockenden Knirschen, verebbt, als hätte man den Stecker eines laufenden Plattenspielers herausgezogen. Ganz still wird es. Die Zuschauer, nicht einmal Murmeln untereinander. Kein Laut.

Nach einer Weile geht rechts ein einzelner blasser SCHEINWERFER an. Sein Licht schneidet das Gesicht

EINES SCHNAUZBÄRTIGEN MANNES

aus der Finsternis heraus. DER MANN tritt, umständlich seine unsichtbaren Füße über unsichtbare Hindernisse setzend, von links zur Mitte, bleibt stehen, wendet sich uns Zuschauern zu. Der Lichtkegel wird etwas breiter. Wir sehen jetzt, dass er einen Anzug mit Krawatte trägt und ein Mikrofon in der rechten Hand hält, aber sonst sieht man nichts, es ist immer noch finster wie im Innern einer Kuh. Bedächtig führt DER MANN das Mikrofon vor seinen Mund.

"Verehrte Zuschauerinnen und Zuschauer", hebt er mit geschliffener Stimme an und blickt mit vorgerecktem Kinn ins Zuschauerrund, "die Direktion dieses Theaters hofft, dass Sie trotz — nun, kurzfristiger Umdisponierungen einen unterhaltsamen Abend verbracht haben, und dankt Ihnen allen vielmals für Ihren Besuch."

Niemand rührt sich.

"Ich wünsche Ihnen eine gute Heimkehr."

Keine Regung, mausestill.

"Bitte begeben Sie sich jetzt zu den Ausgängen. Das Stück ist zu Ende."

Zu Ende? Dabei stampft jetzt rasch näherkommend Marschschritt, schlagen Stiefel drohend in der Dunkelheit. Dumpf und hohl dröhnt es jetzt, unheimlich nah und näher, gleich vor uns, mitten auf der Bühne, doch wir können immer noch nichts, absolut nichts sehen! Auch DER THEATERDIREKTOR wendet — ängstlich? — den Kopf, dreht nervös das Mikrofon in den Händen. Unterdrückte Befehle, schneidiges Quittieren. Da wirft sich DER THEATERDIREKTOR heftig herum, sein Gesicht glänzt vor Schweiß, seine Hand umklammert das Mikrofon:

"Gehen Sie endlich! Gehen Sie! Gehen Sie! Hinaus!", brüllt er.

Doch schon klickt es metallisch auf der Bühne. Ein knapper, messerscharfer Befehl:

"Feuer!"

Wumm! Aufschrei des Entsetzens! DER THEATERDIREKTOR taumelt, greift sich an die Brust. Sein weißes Hemd färbt sich rot. Aufkeuchend kracht er aus dem Lichtkegel auf den unsichtbaren, finsteren Boden.

Kreischend stürzen die Zuschauer aus den Reihen zu den matt leuchtenden Ausgängen. Großes Gedränge, Geschubse, Gejammere, Gefluche. An den Türen versuchen die blauberockten Platzanweiser, die hysterische Menge zu kanalisieren, und an einen schleiche ich mich, auf Nebenpfaden der Flut entronnen, von hinten heran. Er merkt nichts, als ich ihm die Taschenlampe aus der linken Rocktasche klaue. Sogleich verschwinde ich schattenhaft wieder in der Dunkelheit der Reihen, schnüre auf Abwegen nach vorn Richtung Bühne. Niemand begegnet mir, alles drängt keifend hinaus.

ICH bin DER EINZIGE, der nun seitlich die Bühne erklimmt, sich aufrichtet, die Taschenlampe anknipst und seinen Blick über

DIE RICHTIGE BÜHNE

schweifen lässt, überallhin, bis in die hinterste Ecke, und endlich ALLES genau sieht:

den GANZEN Ansatz,
die GANZE Fügung,
die GANZE Bescherung,
das GANZE Ausmaß,
die GANZE Tragweite.

Die Rauchwolke

Gestern fern, hinter dem Häusermeer, eine große Rauchwolke. Eine hochqualmende, hochquellende, hochquasende schwarze Schwade. Sie stand wie ein überdimensionierter Todesbaum am Horizont, schwoll und wucherte in den Himmel. Ihr Schatten musste riesig sein.

Ein Großbrand, dachte ich. Eine Fabrikhalle, ein Öltank, ein ganzer Häuserblock. Vielleicht war ein Flugzeug darauf gestürzt. Ein Sattelschlepper ins Schleudern geraten. Gas explodiert. Oder es hatte irgendwo einen Kurzschluss gegeben. Einen Waldbrand. Einen Anschlag. Ein bisschen Krieg. In den Nachrichten würde es kommen, in der Zeitung stehen.

Die Abendnachrichten. Auf Sizilien wurde heute Morgen ein Mordanschlag verübt, welcher der Mafia zugeschrieben wird, ganz im Gegensatz zur verheerenden Überschwemmung im Nordosten Indiens, die Tausende Heim und Herd und selbst das Nötigste zum Leben gekostet hat, worauf der amerikanische Präsident zur Unterzeichnung des historischen Abkommens in Moskau eingetroffen und das englische Königshaus wieder um einen Skandal reicher geworden ist. Inland: Gewerkschaften, Arbeitslosigkeit, Parlamentsdebatte, Pressekonferenz, Börse freundlich, Sport Endspielstimmung, wir kommen zum Wetter, das uns auch heute wieder Grego bringt, Grego, Grego, Grego ist der beste Freund Ihrer Wäsche, im Norden bedeckt und regnerisch...

Über ein ungeheures Feuer jenseits des Häusermeers nichts.

Ich sagte zu Kenja:

"Aber es waren heute riesige Rauchschwaden am Horizont."

Kenja zuckte nur mit den Schultern, gähnte und verschwand ins Badezimmer.

Im Lift stieg Herr Raflos zu.

"So, müssen wir wieder."

Er trug eine dunkelblaue Krawatte mit weinroten Querstreifen. Ob er diese Rauchwolke gestern auch gesehen habe? Nein, nicht dass er wüsste, er zog kurz und erstaunt die Augenbrauen hoch. Am Eingang wünschte er mir einen guten Tag.

Der Bus war voll wie immer um diese Zeit. Einige lasen die Zeitung. In den Überschriften nichts Auffälliges. Andere plauderten, von der Arbeit, vom Wetter, von einem Film, den sie gestern gesehen hatten, von gemeinsamen Bekannten, von Ferienplänen, von einer kranken Mutter, von nichts Besonderem. Wie jeden Tag. Dann musste ich aussteigen.

Frau Entil sprang von ihrem Platz auf, als ich das Büro betrat, und streckte mir einige dringende Papiere entgegen, die ich durchsehen und unterschreiben sollte.

Ob sie etwas von einer Rauchwolke gehört habe, fragte ich, während ich mich setzte und die

Papiere vor mir auf dem Tisch ausbreitete. Sie schüttelte geschäftig den Kopf und begann die Computertastatur zu bearbeiten. Dann sprach sie von einem Bericht.

"Der muss unbedingt morgen fertig sein."

Um elf wurde ich zur Abteilungsleiterin gerufen. Aber sie konnte sich unwirsch doch gerade jetzt keine firmenfremden Nebensächlichkeiten über irgendwelche Wolken anhören. Wichtige, unaufschiebbare Dinge waren zu besprechen.

"Der ganze Ablauf muss radikal beschleunigt werden, bei minimalem Mehraufwand."

Den Rest des heutigen Tages habe ich unkonzentriert gearbeitet.

Als ich nach Hause kam, hat Kenja gleich bemerkt, ich sähe bleich und abgespannt aus.

"Eine Dusche würde dir gut tun", riet sie mir. "Du hattest einen anstrengenden Tag."

Ich sagte, dass es nicht wegen der Arbeit sei.

"Ich begreife einfach nicht, dass niemand etwas von einem riesigen Feuer gehört haben will. Nirgends eine Meldung, kein Hinweis, nichts. Dabei muss es doch mörderisch getan haben, bei so viel Rauch über dem ganzen Himmel, die Zerstörungen müssen maßlos sein, sicher sind viele Menschen umgekommen, und niemanden kümmert es, niemand interessiert sich dafür..."

Ich schüttelte den Kopf.

"Und ausgerechnet du fühlst dich nun verpflichtet, dir um sowas Sorgen zu machen?", fragte Kenja verständnislos.

"Ich hab's doch gesehen!", schrie ich. "Mit eigenen Augen gesehen, die Rauchwolke!"

"Okay, okay, okay", beschwichtigte Kenja, "ich glaub's dir ja."

Wir schwiegen eine Weile.

"Ich versteh's einfach nicht", hob ich von Neuem an. "Wie ist es möglich, dass nur ich das gesehen haben soll? Hab' ich etwa Halluzinationen? Oder ist irgendeine Konspiration im Gange, die ein Interesse daran hat, sowas zu vertuschen?"

Kenja sah mich nachdenklich an.

"Es könnte ja auch sein, dass etwas Unwichtiges und Harmloses verbrannt ist, das nur viel Rauch verursacht hat. Vielleicht hat sich deshalb niemand darum gekümmert", schlug sie vor.

Ich zuckte mit den Schultern.

"Vielleicht. Ich weiß wirklich nicht, was ich denken soll."

Plötzlich sagte Kenja energisch: "Weißt du, was jetzt das Beste ist? Du schreibst das Ganze mal auf. Wenn man nämlich die Dinge mal aufs Papier bringt, kommt man auch eher klar damit. Und außerdem kriegst du so ein bisschen Distanz, es bedrückt dich dann nicht mehr so."

Ich fand Kenjas Vorschlag ziemlich vernünftig, und so habe ich mich nach dem Abendessen hingesetzt.

Und hier sitze ich immer noch. Es ist halb zwei Uhr nachts. Kenja ist längst zu Bett gegangen. Auch ich bin müde. Hundemüde. Erklärungen: null. Dass man sich überhaupt von sowas beunruhigen lassen muss! Empörend! Haben wir denn nicht Behörden, Polizei, Feuerwehr, Zivilschutz, Militär, ja gerade das Militär, die sich um solche Dinge zu kümmern hätten? Und Fernsehen, Radio, Presse, statt die Augen offen zu halten und zu berichten, was sie sehen, sind offenbar vollauf damit beschäftigt, irgendwelche Nebensächlichkeiten an ihr schummriges Licht zu zerren. Kein Wunder, dass sich unsereiner dann selbst das Hirn zermartern muss.

Aber dafür gebe ich mich nicht mehr her! Damit ist Schluss jetzt! Das Ganze vergessen, das will ich! Zur Strafe für die, die ihre Pflicht nicht tun! Sollen sie dann kommen und nachfragen! Sollen sie dann um sachdienliche Hinweise und Mithilfe winseln! Was auch immer es gewesen war — ich werde von nichts mehr wissen wollen, ganz einfach, weil ich nichts mehr wissen werde, wie alle anderen auch.

Weil ich es nämlich vergessen habe.

Und sogar vergessen habe, dass ich es vergessen habe.

Vergessen habe, dass ich vergessen habe.

Vergessen dass ich vergessen habe.

Vergessen dass ich vergessen

Vergessen vergessen

Letzte Nachrichten

heute ortszeit der Ausnahmezustand ausgerufen werden, nachdem in einigen Armenvierteln der Hauptstadt und anderer wichtiger Städte des Landes Unruhen ausgebrochen waren. Empörte Jugendliche warfen Steine und Molotov-Cocktails gegen die Ordnungshüter, die sich mit Warnschüssen in die Luft behelfen mussten. Die Unruhen waren aufgrund drastischer Preiserhöhungen im Lebensmittelsektor ausgebrochen. Vor den Geschäften hatten sich aufgebrachte Konsumenten zusammengerottet. Die bisherige Bilanz der Unruhen: 17 Todesopfer.

Gegen "Anwürfe der Opposition" hat Ministerpräsident Nilb Funze sich energisch verwahrt. Die Zunahme der Arbeitslosigkeit um 2,3 Prozent im vergangenen Vierteljahr sei saisonbedingt. Es werde immer wieder vergessen, dass in seiner bisherigen Amtszeit über 126000 neue Arbeitsplätze geschaffen worden seien. "Bei uns gibt's keine Rutsche ins Abseits", sagte der Ministerpräsident vor unseren Kameras.

In Dreinach wurde heute am frühen Abend ein brutales Verbrechen verübt, bei dem der 13-jährige Schüler Heik Adelam nur knapp mit dem Leben davonkam. Nach Angaben eines Sprechers des Krankenhauses Dürnberg Ost ist der Junge dank der sofort eingeleiteten Bluttransfusion bereits über den Berg, muss jedoch noch einige Stunden auf der Intensivstation bleiben.

In diesem Hochhaus am Rande Dreinachs wohnt Heik Adelam mit seinen Eltern und seiner 12-jährigen Schwester Juna. Bis jetzt unterschied sich sein Leben in nichts von dem anderer Kinder in seinem Alter. Auch heute ging er um halb acht Uhr morgens mit seiner Schultasche aus der elterlichen Wohnung im neunten Stock. Der Lift war kaputt, also musste er die Treppe hinuntersteigen, wo es in den Winkeln stets nach Pisse riecht – ja, Sie haben richtig gehört: nach Pisse. Den zuständigen Gesundheitsbehörden zufolge ist der hygienische Zustand dieses Treppenhauses absolut vorschriftswidrig.

Unten wartete wie immer die Xam, die wohnt im Nachbarblock. Die hatte im Lokalradio gehört, in der Einzer ist einer angeschwemmt worden, eine Wasserleiche. Klar, sowas lässt man sich nicht entgehen, passiert ja nicht jeden Tag. Wir sind also gleich hingerannt. Aber da waren schon die Polizei und viele Gaffer, und wir sehen fast nichts. Könnte die Kamera nicht vielleicht etwas näher ran? Soeben kommt ein Krankenwagen, Pfleger springen raus. Wir sehen nichts! Näher ran! Schon kommen sie mit einer Bahre zurück. Nahaufnahme! Leider ist ein weißes Tuch drüber. Sie wird in den Wagen reingehoben und entschwindet unseren Blicken. Schade. Einer sagte, es war eine Frau, aber Leichen sind doch fast immer Männer. Ein Polizist hat gesagt, alle sollen weggehen, und da sind wir eben auch gegangen.

Zum in die Schule Gehen war es schon zu spät. Große Lust hatten wir sowieso keine. Wir gehen ab und zu nicht. Dann lassen wir die Schultaschen hinter Brettern, die wir auf einem Schotterplatz aufgestellt haben. So eine Art Hütte, wo wir Geheimtreffen abhalten.

In der Schule merken die nichts. Wir waren einfach krank. Das steht ja dann auf dem Zettel, den wir dem Lehrer geben. Ich kann die Unterschrift von Mutti schon ganz gut. Manchmal unterschreibt auch Vati, wenn er schon einen sitzen hat. Der hockt fast immer zu Hause auf der Couch vor dem Fernseher und säuft sein Bierchen. Das ist gut so, denn so haben wir Ruhe vor ihm. Nach vier und am Abend, wenn am meisten los ist draußen, geht Mutti putzen. Sie sagt, jemand muss ja etwas Geld verdienen, und wenn sie nach Hause kommt, ist sie zu kaputt, um mit uns zu schimpfen, und der Vati hat schon einen glasigen Blick vom vielen Fernsehen und Biersaufen, der ist halt arbeitslos und froh, wenn man nichts von ihm will.

Wir unterbrechen kurz die aktuellen Nachrichten. Uns liegen nämlich inzwischen die Lottozahlen vor, die wir Ihnen natürlich nicht vorenthalten wollen. Sie lauten, wie immer ohne Gewähr: fünf, fünfzehn, dreiundzwanzig, vierundzwanzig, neunundzwanzig, vierzig, Zusatzzahl: elf. Ich wiederhole: fünf, fünfzehn, dreiundzwanzig, vierundzwanzig, neunundzwanzig, vierzig, Zusatzzahl: elf.

So, und jetzt gehen wir rüber zum Müllplatz, wo die immer den Dreck abladen, richtige Abfallberge. Da findet man immer etwas. Zum

Beispiel Plastikflaschen. Wir tun irgendeinen Zettel rein und schmeißen die Flaschen in die Einzer. Doch bis jetzt hat uns noch keiner geantwortet. Wir zünden sie auch an, die schmelzen ganz schnell zusammen und kriegen die komischsten Formen und Farben. Bizarr.

Auch die Ratten beobachten wir. Was die alles zernagen! Einmal haben wir Junge in einer Plastikröhre gesehen, sieben, ganz nackt und nicht größer als ein Finger. Eins haben wir genommen und in unserer Bretterbude in eine Schachtel getan, Gras dazugegeben und ein Schälchen mit Milch, aber das Junge wuchs nicht recht. Nach Hause konnten wir es nicht nehmen, da wäre Mutti hysterisch geworden, der graust es vor Ratten. Nach vier Tagen war die kleine Ratte auf einmal verschwunden, wahrscheinlich hatte eine Katze sie gefressen.

Dieser farbenfrohe Müllwagen wurde zusammen mit fünf weiteren 1996 in Betrieb gestellt und steht bisher ohne Anlass zu Klagen täglich außer sonntags im Einsatz. Im Gegensatz zu den alten, jetzt ausgemusterten Modellen arbeiten die neueren mit weit geringerem Lärmaufkommen. Der hintere Teil wird hochgestemmt — sehen Sie genau hin! —, eine Klappe geht auf — da! —, und der ganze Dreck purzelt raus, es knirscht und krost und klirrt so schön. Herr Enart vom Städtischen Reinigungsamt steht dabei und stößt mit der Schaufel nach, aber der sieht uns nicht, wir liegen hinter einem Erdhaufen. Der würde uns sonst davonjagen. Darum war es uns auch nicht möglich, ihn vors Mikrofon zu kriegen. Jedenfalls begreife ich das nicht, die Leute wollen doch das alles nicht mehr, darum haben sie's weggeschmissen, warum können wir da nicht das eine oder andere nehmen?

Manchmal kommen auch komische Typen auf den Müllplatz, die suchen wirklich was. Mit Plastiktüten kommen sie angerückt und stopfen da Lappen und Papier rein. Richtige Kleider haben sie nicht, dreckig sind sie und stinken tun sie. Einmal haben wir mit einem gesprochen, der mit einem Leiterwagen gekommen ist und so Metallzeug gesammelt hat. Der sagte, er verkauft das an die Goldschmiede, damit die Schmuck daraus machen. Der hatte nicht alle Tassen im Schrank.

Und dann ist es Mittag, und soeben erhalten wir einen Hinweis der Verkehrspolizei: Der Stau auf der Autobahn M-5 bei Blinden hat sich aufgelöst. Keine Verkehrsbehinderungen mehr auf der M-5 bei Blinden. Wie Sie sich erinnern werden, ereignete sich dort kurz vor neun Uhr morgens eine Massenkarambolage, nachdem ein Tanklastwagen ins Schleudern geraten und umgestürzt war. Unverzüglich hatten sich 18 Personenkraftwagen in das Verkehrshindernis verkeilt und brannten vollständig aus. Wir haben an dieser Stelle ausführlich darüber berichtet, beim Mittagessen, wie man die neun Leichen mit Schneidbrennern aus ihrer ungemütlichen Lage befreien musste. Es gab Erbsen aus der Büchse mit Nudeln, und dann müssen wir immer so tun, als ob wir Schularbeiten machen in unserem Zimmer, darauf besteht die Mutti.

Dies ist unser Zimmer. Die Juna schläft im oberen Bett, ich unten. Der Schrank gehört uns beiden. Das sind unsere Kleider und Kinderspielsachen. Das Foto hier ist von Ries Kanaber. Juna hat's aufgehängt, weil sie in ihn verliebt ist. Sie sagt, seine Beine sind so stark und sexy, aber ich finde sie nur dick. Ich steh sowieso auf Autos. Der Porsche und der Ferrari hier gehören mir. Tennis finde ich zum Einschlafen. Aber eins muss man der Juna lassen: den Lungenzug kann sie am besten von uns allen, die schluckt alles runter, und es wird ihr nie schlecht dabei. Die Zigaretten klauen wir vom Vati, der merkt das nie. Und dann gehen wir in unsere Bretterbude, die Xam kommt auch. Das hier ist der Lirch, der wohnt gegenüber, und wir schmieden Pläne. Heute Nachmittag fällt uns nichts Besonderes ein. Wir gehen einfach auf die Straße und schauen uns die Autos an. Dieser rote VW hat vergessen, die Tür abzuschließen. Wir setzen uns rein, drehen am Lenkrad. Schade, dass er kein Radio hat.

Dann wird es uns langweilig, wir ziehen weiter, die Grüne Straße runter. Linkerhand sehen Sie das Gebäude der alten Glasfabrik Hendus Wirst und Söhne, die vor sechs Jahren für immer ihre Pforten schloss. Hundert Mitarbeiter verloren damals ihre Stellung, kamen jedoch in einem Arbeitsbeschaffungsprogramm unter. Schmutzgraue Fassaden, verblasste Schriftzüge, kein Fenster mehr ganz, die haben wir alle eingeschmissen, sind die Fabrikhallen schon seit längerem ein Schandfleck im Dreinacher Stadtbild, der gereinigt gehört. Verschiedene Projekte, etwa dieses Modell eines Freizeitparks mit Wasserspielen, liegen dem Gemeinderat zur Erörterung vor. Er wird jedoch voraussichtlich erst im Herbst dieses Jahres darüber entscheiden.

Da an der Mauer der alten Glasfabrik, sehen Sie selbst! Das sieht aus wie ein Mann, der da angelehnt steht. Es könnte aber ebensogut ein dicker Stock mit einem langen Wintermantel drum und einem schwarzen Hut drauf sein, wir können weder Hände noch Schuhe noch Gesicht sehen. Wenn die Kamera etwas näher rückt, bemerken Sie sicher auch, dass die Plastiktüte, die er trägt, direkt aus dem Ärmel herauszuwachsen scheint. Die Sonne scheint, die Außentemperatur ist fast sommerlich, und Xam meint, das ist sicher eine Vogelscheuche, aber das ist natürlich Quatsch. Vogelscheuchen gibt es nur auf den Feldern, und hier gibt es keine Felder und fast keine Vögel. Nur Xams Mutter hat einen im Käfig, der ist rot und grün und stumm. Juna sagt, vielleicht ist es ein toter Mann, einer, der nur noch Knochen hat, und Lirch sagt, den hat wohl jemand vom Friedhof ausgegraben, warum gehen wir nicht zum Friedhof und schauen nach, vielleicht entdecken wir ein leeres Grab und ein paar Knochen. Dann werfen wir einen Stein nach dem Mann und verstecken uns hinter einem geparkten Auto und beobachten, was er wohl machen wird. Aber er rührt sich nicht, obwohl der Stein ihn fast getroffen hat. Wir nehmen noch einen Stein, der trifft ihn unten am Mantel, aber er tut immer noch nichts, und gerade als wir noch einen Stein werfen wollen, kommt Sisa gerannt, das ist dem Lirch seine Schwester. Die hat schon Titten, aber sie hat sie noch nie gezeigt. Einkaufen war sie. Deren Mutti kann nicht, die ist immer krank, aber ich glaube, die ist einfach betrunken. Und die Sisa sagt ganz atemlos, im Supermarkt ist einem Baby eine Marmeladenbüchse auf den Kopf gefallen, sie hat es selbst gesehen, und da rennen wir natürlich alle zum Supermarkt.

Bevor wir dort anlangen, möchten wir Ihnen noch eine Nachricht einblenden, die gerade bei uns eingetroffen ist und allen Tennisfans unter Ihnen, liebe Zuschauerinnen und Zuschauer, das Herz höher schlagen lassen wird: Unser Ries Kanaber steht im Endspiel des Turniers von Remington! Gegen den Mexikaner Adolfo Ramírez genügten ihm eine Stunde und dreiundzwanzig Minuten, um ihn mit 6:0, 6:2, 6:0 abzufertigen. Auch von dieser Stelle aus: Herzlichen Glückwunsch und toi toi toi für das Endspiel!

Wir fahren fort mit dem Nachrichtenüberblick des Tages. In einem Supermarkt, etwas weiter die Grüne Straße hinunter, geriet durch Unachtsamkeit einer der dort angestellten Verkäuferinnen eine Marmeladenbüchse aus dem Gleichgewicht, rutschte über den Rand des Regals hinaus und fiel so unglücklich runter — haben wir davon Zeitlupe? Wenn die Technik... Danke. Wir sehen hier den Ellbogen der Verkäuferin, wie er jetzt! an die Dose stößt. Die Dose fällt um, rollt langsam zum Rand. Sehen Sie, wie wenig fehlt, und sie wäre am Rand liegen geblieben! Diese Dramatik! Jetzt! fällt sie runter, genau auf den Kinderwagen, der gerade vorbeigeschoben wird. Mit der Kante kracht sie auf dem Schädel des drei Monate alten Säuglings U.P. auf, schlägt diesem eine klaffende Wunde ins Hirn, es spritzt. Ja, meine Damen und Herren, doch gleich anschließend hatte man schon alle Kunden rausgeschickt und die Ladentür abgeschlossen. Wir drückten die Nasen am Schaufenster platt, doch auf der einen Seite standen die Waschmittel, auf der anderen versperrten uns die Weinflaschen die Sicht. Dann kam der Krankenwagen, sie schoben eilig was rein. Eine Frau kam auch raus, die heulte ganz laut und ungeniert. Mir lief ein angenehmes Prickeln über den Rücken, ich sehe gern heulende Frauen. Die setzte sich auch gleich mit rein, und ab ging's mit Blaulicht und Getüte. Die fehlbare Verkäuferin aber wurde noch am selben Nachmittag fristlos davongejagt.

Da war es schon fast Abend, wir trotteten nach Haus, das Wetter für morgen: Heiter und trocken und frühsommerlich warm, Höchsttemperaturen in den Niederungen bis gegen 26 Grad steigend. Gegen Abend aufkommende Bewölkung und einzelne, zumeist schwache Gewitter im Bergland.

Doch dann war dem Alten das Bier ausgegangen. Den letzten Tropfen ausgesoffen. Da wird er immer ungemütlich, schreit rum und so. Da musste natürlich wer frisches Bier holen. Die Juna war gleich aufs Klo verschwunden, der Dumme war ich. Außerdem sind zwölf Flaschen zu schwer für sie, sagte Vati. Ein volles Dutzend musste es sein, nicht zehn und nicht elf. Also ich die Tasche mit den leeren Flaschen ergriffen und nochmals zum Supermarkt. Die Grüne Straße wieder runter, da stand diese seltsame Gestalt immer noch an der Mauer, was von zahlreichen Zeugen bestätigt wurde. Den Supermarkt hatten sie nach dem Zwischenfall mit dem Baby wieder aufgemacht, aber gleich war schon Ladenschluss. Eine Packung Bier, ein Dutzend Flaschen, verdammt schwer war das Zeug, die Grüne Straße wieder hoch. Und dann sah ich, dass diese Gestalt ein wirklicher Mensch war. Der dunkle Mantel, der Hut, der drauf saß, die Tüte, die aus dem Ärmel wuchs, das bewegte sich langsam die Mauer entlang. Was war das für einer? Was wollte der? Das wollte ich unbedingt rauskriegen. Also ließ ich die Flaschen rasch in unserer Hütte, wo sie später von der Polizei sichergestellt und unbeschädigt dem besorgten Vater ausgehändigt werden konnten.

Die Kripo konnte bereits zahlreiche sachdienliche Hinweise aus der Bevölkerung entgegennehmen, aus denen hervorgeht, dass ich der seltsamen Gestalt in Richtung Müllplatz folgte. Für den weiteren Ablauf der Geschehnisse bin ich ganz auf die Vermutungen der Polizei und die Ergebnisse der Spurensicherung angewiesen, da ich noch nicht einvernahmefähig bin. Danach überholte ich den Mann auf dem Müllplatz, indem ich mich hinter einigen Abfallhaufen nach vorne schlich. Anzunehmen ist, dass ich dem bisher noch unidentifizierten Mann entgegenkommen wollte, um ihn von vorn zu sehen, möglicherweise, um meinen jungenhaften, jedoch fatalen Neugierdetrieb zu befriedigen. Zahlreiche Zeugen beschreiben mich ja als einen lebhaften, abenteuerlustigen Jungen. Daraufhin muss es zu einem kurzen, heftigen Handgemenge zwischen mir und dem Mann gekommen sein, dessen Anlass noch völlig im Dunkeln liegt und in dessen Verlauf ich zu Boden geworfen wurde. Der Mann riss mir die Kleider vom Leib, an denen keine Blutspuren gefunden worden sind, und begann, meinen Körper mit einem rostigen Messer unbekannter Herkunft zu ritzen. Ebenso, ob gleichzeitig oder erst nachträglich, können weder der Polizeiarzt noch die Krankenhausleitung mit letzter Sicherheit bestimmen, wurde der kleine Finger der rechten Hand und der Ringfinger der linken abgetrennt. Mehrmals verging sich der offenbar psychopathisch veranlagte Mann an mir und schlug mich anschließend mit einem Holzstück auf den Kopf, was mir zum Glück jedoch nur

"Komm, gehn wir schlafen!"

"Ok. Haben wir ja sowieso schon alles in den 20-Uhr-Nachrichten gesehen."

Wie hätten Sie Ihren Himmel denn gern?

In der Morgensonne glänzen die bewaldeten Hügel, mein Blumengarten strotzt in allen Farben, um meinen Schaukelstuhl fliegt ein roter Schmetterling, ein zeitloses Lächeln umspielt meine Lippen, und ich denke an Sie.

Ihnen geht es dreckig.

Stress, Tag und Nacht Angst, der Chef ist ein Schwein, Schlafstörungen, Partner davongelaufen, Rückenschmerzen, Haus ausgeraubt, die liebe Mutter gestorben, bis zum Hals in Schulden, Fahrzeug ins Schleudern geraten, Krach mit dem Sohn...

Sie stehen kurz vor dem Durchdrehen.

Schluss machen möchten Sie mit allem, den ganzen Krempel einfach hinschmeißen. Vielleicht passt auch ein spektakulärer Amoklauf zu Ihrem Temperament. Eine Zerstörungsorgie. Eine Familientragödie. Oder liegt etwa ein Nervenzusammenbruch auf Ihrer Linie? Kommen Sie bald in die Klappsmühle, wenn es so weitergeht?

Weiter und weiter und bumm!

Ich heiße Roland Wüst und hatte das Glück, Josua Angelus kennenzulernen. Das war, als meine Eltern noch starben und das Fernsehen noch ein Programm hatte und dergleichen. Mein Erinnerungsvermögen schwindet, seit ich zum Leben die

Erfahrung nicht mehr brauche. Der Morgen ist unvergänglich.

Ich mochte an einer Theke gehangen und das siebte oder zehnte Glas Cognac oder Whisky in mich hineingeleert haben.

"Mein Name ist Josua Angelus. Wo drückt Sie der Schuh?"

Eine angenehme, einfühlsame Stimme. Ich hob die glasigen Augen und stierte ihn an. Breites Lächeln, einladender Blick.

"Alles zuviel. Kann nicht mehr. Lassen Sie mich in Ruhe!", murmelte ich mit schwerer Zunge.

"Erzählen Sie mir Ihre Geschichte."

"Na hören Sie mal..."

"Ich höre."

Darauf wischte ich gewiss das Glas zur Seite, drehte ihm den Barhocker zu, setzte mich gerade, stellte mich vor, sagte etwa:

"Ich bin ein verzweifelter Mensch."

Josua Angelus setzte sich die Brille auf und blickte mich aufmunternd an.

"Der Boden schwankt unaufhörlich. Nirgends ein Haken, mich festzuhalten. Oder er bricht ab. Hilflos werde ich weiter hin- und hergeworfen."

Josua Angelus nickte verständnisvoll.

"Immer geschieht irgendetwas. Es hört nicht auf zu geschehen. Es gibt keine Ruhe. Und alles wird wieder anders, immer wieder anders. Wo finde ich etwas Festes, Sicheres, Bleibendes, Beständiges, ich tausendmal überpinseltes Bild?"

Noch heute meine ich das väterlich warme Gewicht von Josua Angelus' Hand auf meiner

Schulter zu spüren, während ich das immervolle Glas mit Kiwisaft an die Lippen führe und sinnend in meine Frühsommerblumen schaue.

"Das Leben, Herr Wüst, ist ein grausamer Mechanismus. Die Ereignisse spulen sich ab, stolpern übereinander, walzen Vorstellungen, Absichten, Gefühle nieder, überrollen uns."

Josua Angelus rückte etwas näher.

"Was hat Sie denn so zugerichtet, Herr Wüst?"

Beinahe geraunt hatte er die Frage, eindringlich, wie jemand, der leicht die Flamme einer Kerze anbläst. Ich erzählte ihm alles:

Die polizeiliche Ermittlung, die mir den Mund austrocknete.

Die Einweisung meines Bruders, die mich erbleichen ließ.

Die roten Zahlen, die mir die Sprache verschlugen.

Die akute Gelenkentzündung, die mir das Gesicht verzerrte.

Die unregelmäßige Stufe, die mich stolpern ließ.

Der Vorstellungstermin, der mir Appetitlosigkeit verursachte.

Die Rationalisierungsmaßnahme, die mir die Stirn in Falten legte.

Die Verstocktheit meiner Tochter, die mich mit der Faust auf den Tisch schlagen ließ.

Die Scheidung, die mir schlaflose Nächte bereitete.

Die finsteren Gestalten im Hauseingang, die mir den Atem abschnitten.

Der Wasserschaden im Keller, der mich die Hände ringen ließ.

Die barsche Antwort des Beamten, die mir den Nacken beugte.

Die Parkbuße, die mir die Röte ins Gesicht trieb.

Der Baulärm, der mir den Kopf zudröhnte.

Willis Tod beim Segeln, der mich in Tränen ausbrechen ließ.

Das Fälligkeitsdatum, das mir den Schweiß ins Angesicht trieb.

Der Telefonanruf mitten in der Nacht, der mich erzittern ließ.

Und vieles mehr, wovon ich mir heute keine Vorstellung mehr mache. Josua Angelus hatte mir nachdenklich nickend zugehört.

"Ich kenne das."

Ich hatte mich in eine eifrige Illusionslosigkeit hineingeredet.

"Das Schlimmste ist, niemand kann das Geschehen stoppen, absolut niemand."

Josua Angelus' Miene heiterte sich auf. Ich war ja so naiv.

"Sind Sie da ganz sicher, Herr Wüst?"

"Wie meinen Sie das?", fragte ich befremdet.

Josua Angelus blinzelte verschmitzt, sagte aber nichts.

"Wer sollte den Lauf der Welt stoppen können? Gott? Einer mit einer Atombombe? Der Tod vielleicht? Ein Strick? Ein Revolver? Vierundzwanzig violette Pillen? Ein Sturz aus dem zwölften Stockwerk? Vor den fahrenden Zug? Von der Brücke ins eisige Wasser? Meinen Sie etwa das? Was wollen Sie eigentlich? Wer sind Sie überhaupt?"

Josua Angelus hatte inzwischen in seine Tasche gegriffen und hielt mir eine Visitenkarte vor die Nase. Ich las:

JOSUA ANGELUS
CHEMIE-INGENIEUR
ANGELUS NEUTRALISIERUNGSGESELLSCHAFT
MBH

Leuchtend rote, schräggestellte Lettern. Oben rechts ein blauer Punkt, darum ein Kreis, an dem von allen Seiten Pfeile abprallten. Die Karte liegt vor meinem Schaukelstuhl auf dem Fenstersims. Manchmal nehme ich sie dankbar zur Hand, und dann setzt sich ein farbenfroher Schmetterling darauf.

"Sie wollen also leben, nicht wahr? Ungebunden, reibungslos, unangefochten, sorglos leben?", begann er.

Seine Augen blickten fest und siegesgewiss.

"Doch niemand und nichts kann Ihnen ein solches Leben ermöglichen, glauben Sie."

Er drückte seine Brust nach vorn.

"Ich kann es", sprach er.

Sein Blick tauchte tief in mich ein.

"Die ANGELUS NEUTRALISIERUNGSGESELLSCHAFT MBH hat ein Verfahren entwickelt, welches das Prinzip der Neutronenbombe auf den Humanbereich anwendet. Wir stoppen jegliches Geschehen, kristallisieren das Leben für Sie so, wie die Neutronenbombe alles regungslos intakt hält. Wie ein dreidimensionaler Schnappschuss. Doch es wird alles weiterleben. Auch Sie selbst, Herr Wüst. Denn unser Neutralisierungsverfahren tötet nicht, vielmehr verdichtet es einen lebensvollen Moment zu lebenslangem Eindruck. Sie werden sich unwandelbar zu eigen sein. Ein besonderer Vorteil dabei: Ihr Tod tritt, sobald die biologische Uhr Ihres Körpers abgelaufen ist, unbemerkt und augenblicklich ein. Und nun zu den besonderen Bedingungen, die wir Ihnen bieten können..."

Zwei Tage später unterschrieb ich. Meine Wahl fiel auf diese idyllische Gegend, auf dieses gemütliche Haus. Der Garten wurde meinen Wünschen entsprechend bepflanzt. Dann warteten wir einen sonnigen Frühsommermorgen ab. Auf dem Tisch stand ein Frühstück mit Kiwisaft, neben dem Sechsminuten-Ei lag die Zeitung, das zweite Fernsehprogramm war eingeschaltet. Ich setzte mich auf den Schaukelstuhl, eine Sonderanfertigung. Um Punkt 8.10 Uhr wurden die Neutralisiserungsapparate in Gang gesetzt. Nach wenigen Sekunden schon war ich vom Gang der Welt unwiderruflich isoliert, bis heute ist mir nichts mehr zugestoßen.

Ich lehne mich wohlig zurück und denke an Sie.

Wollen Sie die Verzweiflungstat nicht vermeiden? Oder schauen Sie tatsächlich lieber weiter zu, wie Sie vor die Hunde gehen? Wollen Sie nicht in Frieden mit sich und der Umwelt leben? Oder krümmen Sie sich tatsächlich lieber weiter unter den Veränderungen und Geschehnissen wie ein Wurm?

Wenden Sie sich rasch an die *Angelus Neutralisierungsgesellschaft mbH*! Sprechen Sie sich mit Josua Angelus persönlich aus. Wählen Sie 0136/845 66 45, bevor es zu spät ist! Lassen Sie sich beistehen!

Bald können auch Sie an beschaulichem Ort weilen, und die Vögel Ihrer Wahl werden Sie umsingen, und Ihren Lebenstag wird Ihr Lieblingswetter begleiten und schmücken. Leben werden Sie!

Jedem sein Himmel!

Die Geschichte, die Sie erleben

Im gelben Licht der Morgensonne eine weiß getünchte Villa. Sie krönt den bewaldeten Hügel wie ein Damenhütchen einen Wuschelkopf. Ihr zu Füßen liegt die Ebene. Durch die versprengten Einfamilienhaus-Siedlungen, kleinen Industriebetriebe und großzügigen Sportanlagen führt schnurgerade eine Straße. Kein Verkehr, es ist Sonntagmorgen. Nur einen roten Alfa Romeo sieht man, der von der Autobahn heruntergefahren ist, er gleitet jetzt zielstrebig auf den Hügel zu und verschwindet zwischen den Bäumen.

Etwa ein Unterweltler, der beflissen zu seinem Boss mit der weißen Weste eilt, um Vollzug zu melden?

Ganz falsch. Im Auto sitzt die mittlerweile 36-jährige, aber durchaus noch knusprige Magda Wegmann, begleitet von zwei Kindern männlichen Geschlechts.

"Aber wenn Großvater noch im Bett ist, wenn wir kommen..."

"Dann macht uns eben Tante Irene auf", sagt der ältere.

"Ach, Tante Irene..."

Aha, denkt man. Aber da fährt der Wagen schon auf dem gekiesten Vorplatz vor. Gerade schiebt Irene Krenz, 41, den Rollstuhl, in dem der alte Krenz sitzt, auf die Veranda, von der eine Rampe auf den Vorplatz hinunterführt.

Aufjauchzend stürzt Irene, kaum ist die Schwester dem Auto entstiegen, in ihre Arme. Die beiden Jungen springen auf die Veranda und vollführen einen Indianertanz um den Rollstuhl des Großvaters. Andeutungsweise möchte Magda sich aus der tränennassen Umklammerung Irenes lösen, der Großvater verscheucht seine beiden Enkel wie lästige Fliegen mit ungefähren Handbewegungen.

"Magda!", schreit er. "Bekommt dein armer alter Vater keinen Kuss? Da ist es ja, mein schönes Mägdelein! — Was stehst du denn rum und glotzt wie eine Kuh?! Hol die Koffer raus und bring sie rein! — Na, liebes Kind, wie geht es dir denn?"

Irene holt die Koffer raus und bringt sie rein ins standesgemäß prachtvolle Haus. Der Krenz ist ja Besitzer und ehemaliger Chef einer boomenden Seifen- und Parfümfabrik. Nur schade, dass er gesundheitlich etwas angeschlagen ist. Arthritis oder irgendwas und ein paar Altersbeschwerden.

"Komm, schieb mich rein", ruft er jetzt gutgelaunt. "Wir wollen uns einen genehmigen, zur Feier des Tages. Mein schönes Mägdelein ist ja ein so seltener Gast... Du könntest deinen armen alten Vater eigentlich öfter besuchen kommen! Und nicht nur für ein paar Tage!"

"Ach Papa, du weißt ja, die Kinder, das Malen, der Bauchtanz..."

"Dummes Zeug! Wenn dein Schlappschwanz von Hubert dir nicht so an den Rockschößen hinge... Mit deinem Hochschulabschluss hättest du was Besseres kriegen können! Bankangestellter...!"

"Papa, lassen wir das doch."

Ja, lassen wir das. Lassen wir den Alten nach Irene schreien, lassen wir Irene herbeieilen, erschreckt dreinblicken, Gläser und eine Schnapsflasche aus einem Schrank holen. Lassen wir auch die beiden Jungen irgendwo umhertoben, vermutlich im Garten. Noch wissen wir nicht, worauf das alles hinauslaufen wird. Mal sehen.

Erst beim Abwaschen nach dem Mittagessen schütten die beiden Schwestern einander ihr Herz aus. Zuerst musste allerdings der Alte ab zum Nickerchen geschickt werden, und von den Rotzbengeln ist nichts zu hören; so stören sie auch nicht.

"Ich bewundere dich, wie du das schaffst, den ganzen Tag mit Papa", sagt Magda gerade, während sie die blaue Landschaft eines Wedgwood-Tellers abtrocknet.

"Ach", seufzt Irene mit effektvoll verschleiertem Blick, "ich kann's ihm nie gut genug machen."

"Du hättest studieren sollen wie ich. Aber du wolltest ja nicht weg von zu Hause."

"Du hast gut reden! Du warst auch immer die Hübschere von uns beiden."

Tatsächlich sieht die gute Irene, bleich und aufgeschwemmt, wie sie ist, nicht gerade zum Anbeißen aus. Ihr Haar, zwischen blond und grau, trägt sie strähnig nach hinten gekämmt. Dass so jemand kein Glück im Leben hat, wundert einen wirklich nicht.

"Du hast dich halt Papas Willen nie widersetzen können."

"Hättest denn du es gekonnt? Auf Händen hat er dich getragen, dir jeden Wunsch von den Lippen abgelesen — ja, Magda, natürlich, Magda, aber gewiss. Und ich kriegte die Befehle. Was hätte ich tun sollen? Und doch war er nie mit mir zufrieden, nie — verdammt!"

Schusselig ist die! Jetzt liegt der schöne Teller auf dem Boden, in Stücken, nur weil sie sich über alte Geschichten aufregt, die niemanden interessieren. Irene Krenz, Pflegerin und alte Jungfer in väterlichen Diensten...

"Zum Glück hat Papa noch mehr von den Tellern."

Sprechpause. Magda streicht sich eine Dauerwelle aus der Stirn. Braune Locken bis über die Schultern. Zierlicher Rücken, der sich kaum zu einem festen Po verbreitert. Minirock-Beine. Schlanke Frauen mit vollen Brüsten wie sie sind eher selten, und man möchte gern bei diesem Anblick noch etwas länger verweilen, doch schon geht es weiter.

"Wieso machen wir nicht mal einen Ausflug?", beginnt sie wieder und möchte gute Laune verbreiten. "Die Jungen würden so gern in die Berge fahren. Dir würde eine kleine Abwechslung gut tun. Und für Papa ist es auch nicht gut, immer nur hier herumzusitzen."

Schon wieder Schweigen. Man spürt aber, irgendwie ist Irene ganz angetan von dem Gedanken. Sie lässt das Wasser ab, spült das Becken aus, trocknet sich die Hände, zieht sich die Schürze aus.

"Vielleicht übermorgen, das heißt, wenn Papa einverstanden ist."

Der Herr Papa ist einverstanden. Am Dienstag? Er strahlt Magda an. Aber natürlich! Die Jungen wollen am Bach spielen. Opa kommt auch stauen! Gesund und unternehmungslustig, wie er es einmal war, die Buben. Gut, dass dieser Versager von ihrem Vater da nicht allzuviel reingepfuscht hat. Alles in allem eine einträchtige Szene. Nur Irene kann das Bier mal wieder nicht kalt genug bringen.

Den Abend und den ganzen nächsten Tag überspringt man lieber. Wen interessiert es schon, dass Irene vor dem Einschlafen eins, zwei, drei, vier, fünf, sechs, du meine Güte!, sieben weiße Tabletten runterspült und am Morgen, noch vor dem Aufstehen, zwei grüne und vor dem Mittagessen noch zwei? Hingegen würde man sich die hübsche Magda gerne noch etwas näher anschauen, doch von der ist leider weder etwas zu sehen noch zu hören.

Am Dienstag ist prächtiges Wetter. Etwas dunstig. In den Schrebergärten unten muss es schon recht heiß sein. Es wird wohl gegen Abend Gewitter geben.

Irene bereitet gleich nach dem Frühstück den Picknick-Korb vor, packt summend rein, was so üblich ist, deckt ein Tuch drüber. Sie hat sich heute sogar geschminkt! Die Jungen sind auch schon fertig, Turnschuhe, Sonnenhut, kurze Hosen, an denen Taschenmesser baumeln. Magda erscheint in sportlichem Tenue, ihre glatten Beine glänzen vom Sonnenöl.

"Fertig!", ruft Irene geradezu aufgedreht. "Geht schon mal mit dem Korb zum Wagen. Ich komm gleich nach mit Opa."

Der Opa ist noch in seinem Zimmer, der Zeitungslektüre hingegeben.

"Was denn für ein Ausflug?", fragt er irritiert.

"Wir fahren doch heute in die Berge, mit den Kindern."

"In die Berge?" Der Opa wird unwirsch. "Ich bin heute krank, und die Berge habe ich sowieso schon hundertmal gesehen."

"Aber du wolltest doch mit uns..."

"Ich will die Zeitung lesen, und du kümmerst dich besser um den Haushalt! Ein Ausflug...! Dummes Zeug!"

Sein Kopf verschwindet wieder hinter der Zeitung. Irene schleicht hinaus, ringt um Fassung.

"Opa geht es nicht besonders gut heute. Das Beste ist, ihr fahrt allein."

Schade, schade, schade. Magda steht da, nimmt die Sonnenbrille ab, doch da ist Irene schon wieder ganz rasch im Haus verschwunden.

Stundenlanges Warten. Dazu wird es immer schwüler, aber das Gewitter kommt nicht. Zum

Kotzen! Endlich, gegen 18 Uhr, kommen die Ausflügler zurück.

"Ihr hättet Mama sehen sollen, sie hat auch im Bach gebadet!"

Hätte man tatsächlich ganz gern gesehen. Doch Opa will fernsehen, Irene tut uninteressiert.

"Wir haben zwei Gämsen gesehen, die liefen überhaupt nicht weg."

"Wir waren richtig oben auf einem Berg, da haben wir ganz weit gesehen."

"Weißt du, Tante Irene, wärst du mitgekommen, wärst du jetzt auch braun und hübsch."

"Ich mache jetzt Abendessen", sagt Irene mit zusammengekniffenen Lippen.

Magda hätte ihr gern was Nettes getan, doch da wird der Alte plötzlich munter.

"Warum setzt du dich nicht ein bisschen zu mir?"

Und lässt sich bis zum Abendessen uninteressantes Zeug über alte, aus den Augen verlorene Bekannte in der Stadt und dergleichen erzählen.

Am Abendessen kommen noch zahmere Gämsen, höhere Bergspitzen und rauschendere Bäche zur Sprache, und jetzt, schau her, ist der Alte plötzlich ganz Ohr, erkundigt sich interessiert, zieht ob all der tollen Erlebnisse die Augenbrauen in die Höhe, lacht herzhaft mit und findet seine Enkel ganz flotte Bürschchen.

"Wie schade, da hab ich ja direkt was verpasst!", ruft er jovial und schlägt mit der flachen Hand auf den Tisch.

Magdas spärliches Lachen klingt etwas gepresst. Irene verzieht überhaupt keine Miene. Wie ein halb aufgegessener Pudding sitzt sie am Tisch.

Man könnte in dieser Phase des Geschehens sogar von einem Anflug reizvoller Spannung reden. Irgendetwas scheint da noch auf uns zuzukommen. Also Augen auf und Ohren gespitzt!

Als Irene sich gleich nach dem Abendessen mit abweisender Miene und unter Berufung auf Kopfschmerzen zurückzieht und Magda die verbleibende Hausarbeit überlässt, stürzt die sich geradezu begeistert über den Abwasch her, bringt die Kinder zu Bett, hält den Alten mit Kartenspiel und einem Glas Whisky bis 11 Uhr nachts bei bester Laune, steckt ihn dann auch noch eigenhändig ins Bett, bevor sie hinaufsteigt und aufatmend in ihr Zimmer kommt.

Sie zieht sich ganz ungezwungen aus, und was man da zu sehen kriegt, verschlägt einem wirklich den Atem. Dann zieht sie sich ein offenbarungsfreudiges Nachthemd über, steigt ins Bett, deckt sich leicht zu, löscht das Licht.

Man hat Mühe, sich auf das Geschehen zu konzentrieren — bei der Hitze! Es hängen sicher 32 Grad im Raum. Durch das geöffnete Fenster dringen nur Wärme und Lärm. Irgendein Gartenfest wird da in der Nachbarschaft gefeiert. Zu leise, um die Dixieland-Musik richtig zu genießen, aber laut genug, um ständig mit dem Fuß zu wippen, mit dem Finger irgendwohin zu trommeln, den Kopf im Takt zu wiegen. Als die Musik einmal aussetzt und Gemurmel, einzelne Ausrufe, Gelächter, Tellerklappern und Gläserklirren hörbar werden, kriegt man Lust auf Bier und Brathähnchen und möchte gern den Witz erzählen, den man erst gestern in der Redaktion gehört hat, na den mit den Schuhen, aber den kennen die Meisten wohl schon. Und wenn nicht, ist es auch egal.

Salsa, ja, nun legen die Salsa-Platten auf. Magda wirft sich im Bett herum, seufzt von Zeit zu Zeit. Dann zündet sie sich eine Zigarette an, raucht im Dunkeln, nervös, alle paar Sekunden glimmt es auf. Es macht den Anschein, als ob sie irgendetwas nicht in Ruhe lässt. Die Musik hat wieder aufgehört, und jetzt spritzt Wasser. Ob die wohl gleich mit den Kleidern in den Swimming-Pool reinspringen oder alle nackt? Ein Gaudi muss das sein! Doch Magda macht sich um irgendwas Sorgen. Warum denn? Du bist hübsch, hast Geld, Mann und Kinder, ein angenehmes Leben... Oder ist es wegen Irene? Machst du dir Vorwürfe wegen ihr? Hättest du etwa nicht mit den Kindern wegfahren sollen? Selber schuld... Die alten Rock 'n' Roll-Schinken der 50er Jahre! Jetzt gibt's dann gleich ganz tolle Stimmung! Aber immer diese lastende, klebrige Hitze. Man möchte aus der Haut fahren. Bum tscha bum tscha bum tscha... Wie würde sich wohl Irene bei so einem Fest machen? Lächerlicher Gedanke! Aber vielleicht wäre sie gern auch so fröhlich, so ausgelassen, so frei? Vielleicht hängt sie jetzt am Fenster und sehnt sich nach den Freuden des Lebens und der Liebe. Nach allem, was für sie wohl ein für alle Mal vorbei ist – jünger wird sie ja nicht mehr. Und wen reizt denn schon diese kleine, langweilige graue Maus? Wer möchte die schon in die Arme schließen, mit Küssen zudecken und mit Lust und Leidenschaft erfüllen? Dieses dürftige, ältliche Wesen, das nichts aus sich selbst gemacht hat, sich selbst bemitleidend, verbittert, verwelkt. Durch die laute Musik hindurch hört man Lachen...

Da setzt sich Magda kerzengerade im Bett auf. Ein ganz anderes Geräusch hat sich eingemischt, das Knarren einer Tür, ganz deutlich aus dem Inneren des Hauses. Jetzt wird die Tür eingeklinkt. Schnelle Schritte die Treppe runter, Frauenschuhe... Das muss Irene sein! Dumpf fällt die Haustür ins Schloss, die Schritte knirschen auf dem Kies. Magda macht Licht, springt aus dem Bett, lehnt sich aus dem Fenster. Tatsächlich! Verblüffung zeichnet sich auf ihrem Gesicht ab. Jetzt wird's dramatisch! Die Räder drehen erst mal durch im Kies, so verzweifelt tritt Irene aufs Gaspedal. Die ist ja total am Anschlag! Der Wagen kreischt um die Kurve auf die Straße, verschwindet in übersetztem Tempo. Man hört nur das Quietschen in den Kurven, dann sieht man ihn wieder unten, die Rücklichter. Das Aufheulen des Motors dringt herauf. Magda verbirgt ihr Gesicht in den Händen. Und wenn Irene jetzt was zustößt? Sie hätte es kommen sehen müssen. Wie ein Pfeil schießen die Lichter durch die Ebene. Sie hätte sie davon abhalten können. Ein Wort, eine Geste, ihr die Hand auf den Arm legen. Das Surren wird schwächer. Endlich verschwinden auch die Lichter in der Ferne. Es ist ganz still nun. Kein Laut. Sogar die fröhlichen Leute von nebenan sind mit einem Mal verstummt, als hätte sie alle jäh der Schlag getroffen.

Dann dreht sich Magda Wegmann um, lässt ihre Arme entspannt sinken und lächelt. Die Geschichte ist aus! Die Kollegen vom fotografischen Dienst entfachen ihr Feuerwerk aus Blitzlichtern, während wir uns, mit gezücktem Notizblock oder Aufnahmegerät, um sie drängen.

"Würden Sie weinen, wenn sich Ihre Schwester was antäte?"

"Haben Sie etwas gegen Nacktszenen?"

"Verraten Sie uns bitte Ihr Rezept zum Jungbleiben!"

"Hätten Sie vielleicht eine Bluttat vorgezogen?"

"Sind Sie schönheitsoperiert?"

"Halten Sie Ihren Vater für einen anspruchsvollen Menschen?"

"Können Sie die Gerüchte über eine Idylle von Ihnen mit Armin Armann bestätigen?"

"Befolgen Sie eine spezielle Diät?"

"Wie heißt die nächste Geschichte, die Sie erleben werden?"

Die Fortsetzung der Geschichte mit anderen Mitteln

Wäre ich nicht Erzähler, sollte ich mich Ihnen an dieser Stelle wohl ausführlich vorstellen. Doch mein Beruf verpflichtet mich zu einer gewissen Zurückhaltung, sollen ja doch gerade Andere durch meine Arbeit zu Wort und Darstellung kommen. Deshalb lassen Sie mich nur schreiben: Ich habe bereits für unzählige Autoren in verschiedenen Sprachen erzählt. Für vorliegenden Text wurde ich von Georges Raillard beauftragt, die Geschichte einer völlig durchschnittlichen, ereignislosen Existenz zu erzählen, die in abgestumpfter Selbstzufriedenheit vor sich hinlebt und durch aufwühlende Ereignisse aus ihrer Seelenverkrustung zu reißen ist.

Ich trete nun, wie es sich gehört, in den Hintergrund und wende mich ganz meinem Helden zu. Mein Held – ab jetzt werde ich ihn richtiger unseren Helden nennen – ist ein Mann von 44 Jahren. Er ist verheiratet, seine Frau ist drei Jahre jünger als er. Die Familie vervollständigen zwei wohlgeratene, fröhliche Kinder, ein Junge und ein Mädchen im Alter von zehn und zwölf Jahren. Warum sollte unser Held auch nicht zufrieden sein mit seinem Leben? Er arbeitet als Abteilungsleiter in einem Handelsunternehmen. Seit fünf Jahren bewohnt er mit seiner Familie ein Reihenhäuschen in einem äußeren, grünen Bezirk einer mittelgroßen Stadt. Jeden Morgen um sieben fährt er mit dem Auto zur Arbeit. Jeden Nachmittag um halb fünf fährt er wieder nach Hause. Abends Fernsehen, wochenends Gartenarbeit und Familienidylle.

Doch muss nun ein dramatischer Schatten auf dieses banale Leben fallen. Es unterhalte dazu die Frau unseres Helden seit einem Jahr ein Verhältnis mit einem verheirateten Mann, den ich sie zufällig in einem Café kennengelernt haben lasse. Also, Vorhang auf!

"Ja?"

"Hallo? Ist dort Held?"

"Ja, was ist denn?"

"Nun, guten Tag, Herr Held, verzeihen Sie bitte die Störung. Ich möchte Ihnen eine vertrauliche Mitteilung machen und..."

"Danke, aber ich brauche keinen Staubsauger, ein Lexikon habe ich bereits..."

"Aber, Herr Held, ich..."

"...und versichert bin ich auch schon. Guten Tag."

"Hören Sie... Hallo? Hallo?"

Aufgelegt. Sowas kann passieren. Wenn ich Ihnen erzählen würde... Manchmal dauert es ein Weilchen, bis man seine Helden zu packen weiß. Also, die Stimme gewechselt. Tief, angenehm, geschmeidig soll sie jetzt klingen. Zugleich schwingt jedoch ein drohender Unterton mit.

"Ja?"

"Guten Tag, Herr Held, hier spricht Privatdetektiv Schraun."

"Ja?"

"Ich bearbeite zur Zeit einen Auftrag von Frau Kriesdeitner..."

"Nie gehört."

"... und habe im Laufe meiner Ermittlungen festgestellt, dass Ihre Frau Sie betrügt."

"Wirklich?"

"Ja, und zwar eben mit Herrn Kriesdeitner, für dessen Frau ich – nun, sie treffen sich dienstags und donnerstags nachmittags in der Pension Süger, ich habe sie schon mehrmals beobachtet."

"So so."

"Sehr aufgeregt scheinen Sie nicht. Ich wiederhole: Ihre Frau betrügt Sie, schamlos. Zweimal die Woche, seit einem Jahr. Das ist doch unglaublich, skandalös!"

"Na na, und da glauben Sie, jetzt geht die Welt unter? Sie sind wohl etwas altmodisch."

"Hören Sie! Denken Sie doch daran, was Ihre Verwandten sagen werden! Und erst die Nachbarn! Vergessen Sie auch Ihre Kinder nicht! Die stecken doch gerade jetzt in einem schwierigen Alter und brauchen ein intaktes Familienleben. Und Sie selbst, wollen Sie sich Ihre Frau denn einfach so wegschnappen lassen, von einem Anderen? Unternehmen Sie etwas!"

"So beruhigen Sie sich doch, guter Mann! Hören Sie mir mal gut zu: Was Sie mir da erzählen, ist doch alles Schnee von gestern. Das ist mir längst bekannt. Auch ich hab ja eine Freundin, und meine

Frau weiß davon. Wir führen eine moderne Ehe. Haben Sie schon mal was davon gehört?"

"Also, Herr Held, ich verstehe wirklich nicht..."

"Tja, das ist nun wirklich nicht mein Problem, Herr... Wie war doch Ihr Name gleich?"

"Schraun."

"Also, Herr Schraun, machen Sie sich mal keine Umstände."

"Ich dachte nur..."

"Schon gut. Auf Wiederhören, Herr..."

Wieder Fehlanzeige. Wenn ich freie Hand hätte, ja dann! Dann wäre das der ärgste Neurotiker, von dem Sie gelesen hätten, ein unlösbarer Problemhaufen, ein Pulverfass, das ich mühelos in die Luft jagen würde. Aber ich darf nicht von meinem Auftrag abweichen. Der Mann sollte ausdrücklich durchschnittlich sein, spießig, abgestumpft. Aber ich kenne noch andere Mittel, einem verstockten Helden aufwühlende Gefühle zu entlocken, leidenschaftliche Reaktionen und rege, ja drängende Teilnahme am Geschehen.

Schnell lege ich mir eine leicht kratzende Stimme zu, lasse mir einen ordentlichen Schnurrbart wachsen, das Haar trage ich sehr gepflegt, zum Schluss setze ich mir noch eine Sonnenbrille auf. Dann stelle ich mir ein schnittiges Auto auf die Straße, fahre los. Wohin, fragen Sie? Lassen Sie mich nur machen. Ich weiß, was ich tue.

Vor dem Tor des Jölk-Gymnasiums halte ich, drehe das Fenster runter. Gleich ist es Viertel nach vier, Schulschluss. Schon kommen die Kinder rausgerannt, die kleineren die Schultaschen auf dem Rücken, die größeren unter dem Arm. Und da erscheint auch schon das Mädchen, das ich suche. Ich winke es freundlich heran.

"Hallo, wie heißt du denn?"
"Sabine Held."
"Willst du ein bisschen Schokolade?"
"Au ja."
"Komm, ich fahr dich nach Hause."

Bemerken Sie meinen Trick? Ich fuhr das Mädchen natürlich nicht nach Hause, sondern in den Zoo, denn es liebt Tiere sehr. In der Cafeteria spendiere ich ihm dann ein Stück Aprikosenwähe, bevor ich rasch zum Telefonieren rausgehe.

"Ja?"
"Hören Sie gut zu, Held! Ich habe Ihre Tochter in meiner Gewalt. Verständigen Sie unter keinen Umständen die Polizei. Ich fordere eine Million Lösegeld. Nähere Instruktionen folgen. Fragen?"

"Ich verstehe nicht ganz. Sie sagen, Sie haben meine Tochter in Ihrer Gewalt?"
"Ja. Sie ist wohlauf."
"Hören Sie, das muss ein Missverständnis sein. Meine Tochter spielt Ball im Garten, ich sehe sie von hier aus."

"Das ist unmöglich! Wie ist denn ihr Name?"

"Sabine heißt sie und spielt hier vor dem Wohnzimmerfenster mit ihrem Bruder. Wer sind Sie überhaupt?"

"Das spielt keine Rolle. Gleich werde ich Ihnen den Beweis liefern, dass ich Ihre Tochter habe: Sie wird selbst zu Ihnen sprechen."

Rasch eile ich zurück. Wo steckt das Mädchen denn? Der olivgrüne Plastiktisch, wo wir gesessen hatten – leer! Verdammt! Ich frage die Kellnerin, die uns bedient hat, doch die hat weder mich noch ein zwölfjähriges Mädchen mit langen, blonden Haaren je gesehen. Nein, Aprikosenwähe gibt es weder heute, noch gab es sie in den vergangenen Tagen. Für Aprikosen ist es noch zu früh. Ja, richtig, das ist die Zoo-Cafeteria. Ich stürze hinaus: Keine Spur von dem Mädchen. Das darf doch nicht wahr sein!

„Sind Sie noch da? Herr Held? Hallo?"

Natürlich aufgelegt. Also nochmals!

"Ja?"

"Hier spricht nochmals der Entführer. Beweisen Sie mir, dass Ihre Tochter zu Hause ist! Ich will mit ihr sprechen!"

"Was glauben Sie eigentlich..."

"Beweisen Sie mir, dass ich Ihre Tochter nicht entführt habe!"

"Na, wenn es unbedingt sein muss. Aber dann lassen Sie uns in Frieden!"

Knacken. Jetzt bin ich aber gespannt.

"Hier ist Sabine Held."

"Hallo, Sabine. Ich bin der Mann, mit dem du heute Nachmittag in den Zoo gefahren bist. Erinnerst du dich an mich?"

"Nein, und ich war heute auch nicht im Zoo."

"Aber gewiss! Du bist immer noch dort. Du hast ja noch nicht einmal dein Stück Aprikosenwähe fertiggegessen."

"Aber ich bin doch gleich nach der Schule nach Hause gekommen und habe im Garten gespielt. Papa, Papa, der Mann sagt so komische Sachen."

Wieder Knacken.

"Haben Sie's gehört? Sie müssen ein anderes Kind entführt haben oder übergeschnappt sein. Seien Sie so freundlich, belästigen Sie uns nicht weiter!"

Was sagen Sie dazu? Ich muss gestehen: Sowas ist mir in meiner ganzen Karriere noch nicht vorgekommen! Nicht zu fassen! Leute, die rumnörgeln, aufmüpfen oder sich eine Zeitlang taub stellen, die sind nichts Ungewöhnliches in meinem Metier. Aber dieser Held hier spricht in keiner Weise auf meine Phantasie an, setzt ihr systematisch sein Felsengebirge belangloser, unabänderlicher Wirklichkeit entgegen. An dieser gepanzerten Banalität prallt jeder Erzählversuch ab. Ich mache mich geradezu lächerlich.

Doch aufgeben? Eine andere Geschichte erzählen? Ich weiß, das wäre das Einfachste und für Sie gewiss am angenehmsten. Vielleicht wäre Georges Raillard sogar damit einverstanden. Doch ebenso sicher ist, dass dann meine Reputation als Erzähler im Eimer wäre. Nicht nur unter den Autoren, die es sich natürlich sehr gut überlegen würden, einen wie mich, der seine Erzählunfähigkeit, die mangelnde Überzeugungskraft seiner Phantasie, seine fehlende Autorität über seine Helden so eklatant unter Beweis gestellt hat, künftig noch für ihre Geschichten anzustellen und zu bezahlen. Nein, auch und vor allem unter den Helden der Geschichten, denn so ein Scheitern würde sich natürlich herumsprechen. Da würde dann bald jeder versuchen, mir auf der Nase herumzutanzen, mir den Mund zu stopfen, mich fertigzumachen, sobald ich zu einer Erzählung ansetze. Die reine Unerzählbarkeit wäre das!

Also weiter im Text! Dieses Mal, das garantiere ich Ihnen, kommt mir der Held nicht ungeschoren davon! Mit dem Holzhammer muss man dem das Stumpfsein austreiben. Ein Erdbeben muss her! Nur noch ein wenig Geduld. Ich will es nämlich so austüfteln, dass die verheerenden Erschütterungen das Haus unseres Helden – nur und gerade sein Haus! – ausnehmen. Warum? Na, weil ich ihn lebend brauche. Schließlich will ich ja über ihn weitererzählen. Gleich haben wir's!

Bereits laufe ich durch die vollkommen zerstörte Stadt. Die Straßen sind zerborsten. Überall liegen Häuserbrocken, zerbrochenes Mobiliar, zerschmetterte Autos. Der Wind wirbelt Fetzen über die Trümmer. Es riecht nach zermahlenem Stein. Keine lebende Seele.

Ich stelle mir unseren Helden vor, wie er nun fassungslos vor der Tür seines wie durch ein Wunder intakt gebliebenen Hauses steht, mit herabhängenden Schultern, sich hin und wieder mit der Hand über die Augen fährt.

Gleich bin ich da, biege schon um die Ecke. Sein Haus müsste eigentlich auffallen, in die Augen stechen müsste es, aber ich sehe es nirgends, ich sehe nur Ruinen, Trümmer, Eingestürztes, Herabhängendes, Übereinandergeworfenes. Hier, dies müsste das Haus sein! Genau hier hat es gestanden! Da sehe ich seinen Körper. Er muss noch versucht haben, aus dem Haus zu rennen, als die Fassade auf ihn niederstürzte und ihn nach vorne schlug, so dass seine untere Körperhälfte meterhoch verschüttet wurde, während der Oberleib ins Freie herausragt. Ich drehe seinen Kopf herum und starre in das blutige Gesicht. Tot.

Was zum Himmel habe ich falsch gemacht? Das Erdbeben sollte doch ausdrücklich sein Haus verschonen! So war es von mir angewiesen, Sie sind meine Zeugen! Und trotzdem... Bin ich dumm! Es war ein Reihenhaus! Natürlich! Das Haus wurde tatsächlich nicht vom Erdbeben erschüttert, freistehend hätte es nichts abgekriegt. Aber sobald die ganze Reihe einstürzt, ein Haus um das andere wie Dominosteine... Hier lag mein Fehler. Dass mir dies entgehen konnte!

Nun gibt es über unseren Helden nichts mehr zu erzählen. Ich bin mit meiner Geschichte gescheitert. Ich habe als Erzähler versagt. Es bleibt mir nichts Anderes übrig, als den Erzählauftrag wieder an Georges Raillard zurückzugeben. Ich wünsche ihm, er habe eine glücklichere Hand bei der Wahl seines nächsten Erzählers. Was mich betrifft, so kann ich jetzt nur noch darauf hoffen, vielleicht in einem Heftroman meinen Beruf weiterausüben zu können.

Exklusiv:
Bestsellerautor Loro Immsen über seinen kometenhaften Werdegang

Der größte Erfolg in meiner noch kurzen, doch steilen Karriere als Schriftsteller! Allerdings, ich räume das gern ein, wäre das nicht möglich gewesen ohne die verständnisinnige Aufgeschlossenheit eines modernen Verlegers mit dem scharfen Blick für die Trends der Zukunft. Tatsächlich, ich hatte Glück, dass mich Hugohugo Z. Blaffwater unter seine erfolgshungrigen Fittiche nahm. Aber auch er kann von Glück reden, dass ich ihm ins Verlagshaus geschneit bin.

Vor ein paar Wochen hatte ich rein zufällig den Gratisanzeiger auf Seite sieben aufgeschlagen. Mein Blick war, wieder rein zufällig, sogleich auf eine unscheinbare fünfzeilige Anzeige gefallen:
"Dynamischer Verleger sucht Buchklappentexter zwecks Revolutionierung des Markts. Garantiert großer Dienst an der Literatur. Für den Rest des Lebens ausgesorgt. Künftige Ehrungen nicht ausgeschlossen. Bevorzugt Bewerber mit phantasievollem Lebenslauf."
Ich, ohne geregelte Tätigkeit, aber nicht faul, brachte noch am selben Tag ein Leben zu

Papier, für das man gut und gern dreihundert Jahre braucht, wenn man nicht vorher im Irrenhaus landet: Ich wurde von meiner Großmutter geboren, Vater eine reanimierte Wasserleiche, sechsjährig irrtümlich für ein Mädchen gehalten und in einen Harem entführt, mit zwölf in einem Düsenjäger entkommen, durch das Trauma zum Transvestiten geworden, doch als Frau verkleidet irrtümlich für einen Mann gehalten, das Weite gesucht, Südsee, alsbald zum König einer Insel ausgerufen, aber die Insel versank im Meer, ich damit, im Rachen eines Hais ein Schlüssel, der genau ins Schloss des CIA-Hauptquartiers passte, da wusste ich alles, Verfolgungswahn und fünf pensionierte Friseure umgebracht, deswegen zum Tode verurteilt, im letzten Moment von dreibeinigem Hund gerettet, aus Dankbarkeit Hundehomöopath geworden, eine glückliche Zeit, bevor ich gleich meinen vierbeinigen Pfleglingen mondsüchtig wurde, auf zum Mond, doch die Rakete verfehlte ihr Ziel, nur mit Mühe und Not vom Mars wieder auf die Erde zurück, wo ich noch heute bin, usw. usf. Anschließend setzte ich ein Begleitschreiben auf. Noch am Abend sandte ich meine Bewerbung ab.

Wenig später erhielt ich Antwort: "Schreiben Sie mal einen Klappentext für den Roman, den Sie schon immer schreiben wollten."

Ich beglückwünschte mich: Ich war in die engere Wahl gekommen! Dann setzte ich mich an den Tisch und kaute eine Zeitlang am Bleistiftende. Plötzlich überfielen mich gewaltige Geistesblitze, es tobte in meinem Hirn. Als sich die Gedankenwellen glätteten, lag alles glasklar und wie mit Händen zu greifen vor mir. Ich begann zu schreiben:

"Ein düsterer Herbsttag in einer amerikanischen Kleinstadt. Miriam Williams, Assistentin von Professor Grange, entdeckt bei der Untersuchung eines Präparats ein bisher unbekanntes Gen. Sie forscht und forscht, wird aber plötzlich von Unwohlsein befallen. Ob das wohl mit ihrer Forschungsarbeit im Zusammenhang steht? Schicksalhafterweise hat Professor Grange ein Patenkind, das sich im Laufe der Jahre zu einem attraktiven jungen Arzt gemausert hat. Natürlich fällt ihm Miriam schmelzend anheim. Zudem hat er die Wurzeln des Übels sofort am Schopf gepackt: Miriam ist — zum Glück nur unwesentlich! — radioaktiv verseucht. Im Nu ist sie wieder gesund und munter. Die Quelle der Radioaktivität ist rasch gefunden: Es ist das unbekannte Gen! Mein Gott! Professor Grange ist ein Licht aufgegangen, aber er regt sich so auf, dass er einen Schlaganfall erleidet und nur noch 'Iglu' lallen kann. Wer oder was ist mit 'Iglu' gemeint? Woher stammt das höllische Gen? Chris Easterwood, unser junger Arzt, geht, nebst zarteren Geschäften, bei denen ihm Miriam hilfreich zur Seite steht, der heißen Spur nach: Das Präparat mit dem Gen stammt von einem gewissen Edwin Jocker, der an einem Herzanfall gestorben ist. Derweil pflanzt Miriam, nun mit Schutzanzug, im Labor das Gen in Gewebe mit Nährlösungen ein. Eine teuflische Saat geht auf: Das Gen verwandelt jede Zelle in ein kleines Atomkraftwerk. Wer dieses Gen in seinem Körper trägt, verseucht seine Umgebung mit tödlichen Strahlen! Sind nicht in Jockers Wohnviertel sieben von neun Menschen vorzeitig an rasch voranschreitendem Krebs gestorben? Sich sofort der existentiellen Gefahr bewusst, speisen unsere Helden den gigantischen Universitätscomputer: Dallas, Honolulu, Nordkalifornien, dort macht der Rechner ähnliche Krebswellen aus. Da leben Jockers Tochter und zwei Söhne! Höchste Zeit, die Polizei, das FBI oder die CIA einzuschalten! Aber wer kann unserem Autor zusichern, dass diese die Entdeckung nicht für ihre eigenen Zwecke ausnutzen? Lieber lässt er die verliebten Chris und Miriam auf eigene Faust weiterermitteln und sie mehrmals nur knapp den Fallen entrinnen, die ihnen Jockers skrupellose Tochter und Söhne stellen. Finsterer Winter, sprießender Frühling, und in farbigen Strichen nimmt vor dem Auge des Lesers der teuflische Plan eines Immobilienspekulanten und gentechnisch versierter Komplizen Gestalt an: Durch die Jockers werden ganze Landstriche verseucht, dann billig aufgekauft und später um das Hundertfache wieder verkauft. Und wie wohl heißt das Immobilienunternehmen...? Richtig! Am Schluss findet Professor Grange wieder die Sprache, und wir erfahren die ganze Geschichte aus seinem behufenen Mund. Mit geradezu genialer Stringenz führt uns Loro Immsen in seinem Erstlingswerk in die Verstrickungen einer hochkomplizierten, brüchigen Welt zuerst hinein und dann wieder hinaus. Meisterhaft versteht er es, den Leser bis zum Zerreißen zu spannen und dann die Leine zu lockern. Die Lektüre dieses Romans ist ein unvergessliches Abenteuer, eine einzige Leseexstase!"

Kaum nochmals durchgelesen, lag mein Klappentext auch schon im nächsten Briefkasten. Jetzt hieß es warten und Bier aus der Dose trinken.

Ich wartete bis vorgestern. Das Telefon klingelte.

"Kommen Sie heute um elf vorbei", hieß es weiblich, "Sie haben den Job."

Für das Image mietete ich mir schnell noch eine blaurot gesprenkelte Krawatte — unnötigerweise, denn Hugohugo Z. Blaffwater empfing mich pünktlich um elf formlos im Bademantel.

"Sie sind mein Mann", begrüßte er mich jovial und machte es sich auf einer kissenbefrachteten Couch bequem. "Sie haben alles, was es braucht, um mein revolutionär neues Buchkonzept erfolgreich zu verwirklichen. Stellen Sie sich vor, wir ersparen dem Leser Tage mühsamen Lesens, wir ersparen dem Autor Monate, Jahre des Kampfes gegen unbeschriebenes Papier, und ich spare Aufwand und Kosten, ein Vermögen, mein lieber Herr Immsen, von dem andere nur träumen. Mehr Geld, mehr Zeit, einen signifikant höheren Lebensstandard für alle Beteiligten! Denn wir werden unsere Bücher zum gleichen Preis wie traditionelle Werke verkaufen, aber — jetzt passen Sie auf: In den Buchgeschäften werden nur die Buchklappen aufliegen! Bücher ohne Seiten! Bücher, die nicht geschrieben werden und nicht gelesen werden! Nur attraktiv aufgemachte Klappentexte! Die sind ab jetzt Ihre Aufgabe! Der Leser soll gar kein Bedürfnis mehr verspüren, das Buch wirklich zu lesen – ja, er darf gar nicht auf diese Idee kommen! Wir schaffen das Buch der Zukunft, der Erfolg ist uns sicher!"

Blaffwater beugte sich vor, nahm ein Papier vom Glastisch, sagte: "Drei Klappentexte pro Woche, vierzigprozentige Gewinnbeteiligung", und reichte mir das Papier. Begeistert unterschrieb ich.

Bereits gestern kam »Das Mördergen«, mein neuestes und erstes Werk, auf den Markt und hat rasch die Spitze der Bestsellerlisten erklommen. Aber trotz des Gefühls, ein gemachter Mann zu sein, bin ich mir bewusst, dass ich hart arbeiten muss, denn bald werden Nachahmer und Konkurrenten auftreten. Möglich, dass darunter ebenfalls das eine oder andere Genie zu finden ist.

Das Buch

Einige der vorliegenden Geschichten entstammen einem Buchprojekt mit demselben Titel, das 1995 aus Gründen, die weder den Geschichten noch ihrem Autor anzulasten waren, nicht zustandekam. Im Frühling 2013 erhielten sie eine zweite Chance, wurden überarbeitet und durch weitere Geschichten ergänzt. Doch auch jener zweite Veröffentlichungsversuch scheiterte – wiederum aus Gründen, die nichts mit den Geschichten oder ihrem Autor zu tun hatten. Das ist nun der dritte Versuch – wenn Sie diesen Text lesen, so ist dies ein ziemlich sicheres Anzeichen dafür, dass er geglückt ist.

Der Autor

Georges Raillard, geboren 1957 in Basel, arbeitete als Übersetzer und Sprachlehrer in Madrid und lebt heute als Autor in Basel. Von ihm erschienen die Erzählbände *Hirnströme eines Stubenhockers* (1994), *Das Wort und der Schrei* (1997), *Herr Monza oder Herr Monza* (2002), alle bei der edition sisyphos, Köln, und *Der Lauf des Amazonas* (2009) bei Books on Demand, Norderstedt. Im Internet ist er unter *www.georges-raillard.com/literatur* präsent.

Vom selben Autor:

Hirnströme eines Stubenhockers
und anderes Erzählgut

Das Leben ist absurd und die Banalitäten des Alltags würden uns erschlagen, gäbe es da nicht die Fähigkeit zu verdichten, eine verspielte Phantasie, die mit eleganter Leichtigkeit und subtiler Ironie Skurriles und Groteskes auch dort zu entdecken weiß, wo man außer dem Altbekannten sonst nichts erwartet.

edition sisyphos, Köln 1994
ISBN 978-3-928637-09-1

Das Wort und der Schrei
Erzählungen

Georges Raillards doppelbödige, vertrackte und hintergründige Prosa besticht durch Ironie und Sprachwitz. Ohne Selbstzweck zu sein, verweist seine sprachliche Sensibilität auf die Vielschichtigkeit der Wirklichkeit, die der Autor höchst eigenwillig zu spiegeln und zu interpretieren versteht.

edition sisyphos, Köln 1997
ISBN 978-3-928637-20-6

Herr Monza oder Herr Monza
51 Geschichten

Aufs neue beweist Georges Raillard in den kurzen prägnanten Episoden, in deren Mittelpunkt der unverwechselbar eigensinnige Herr Monza steht, seinen ausgeprägten Sinn für absurde Situationen voller skurriler Komik und eine wunderbar lakonische Ironie. Wer die Hirnströme eines Stubenhockers liebte, wird von diesem Werk begeistert sein.

edition sisyphos, Köln 2002
ISBN 3-928637-30-4

Der Lauf des Amazonas
Geschichten

Aus dem Alltag von Flussumleitern, Pflanzentänzern, Schlüsselfressern, Bücherbarbieren und schmetterlingstauglichen Welterrettern.
"Schlimme Geschichte!", meinte jemand.
"Alle Geschichten sind schlimm", erwiderte er.

Books on Demand, Norderstedt 2009
ISBN 978-3-8391-2964-7